梦境触及不到的轻盈 慢慢慢慢变成泥泞

> 她的出现, 是一束照亮黑暗的光。

" 我宁愿她继续保持现状,在没有人认识的地方,像一粒尘埃那样轻盈地生活着。"

"有人像金鱼被水草缠住却仍然不自知地向前昏沉游荡。"

虹工CrossOver

上海世纪文睿文化传播公司 出品

土星

蓝火 著

世纪出版集团 上海人民出版社

身为一道彩虹　■艾成歌

　　"虹"小说的概念，最早出现在我2008年的某次旅行的沿途风景。它原本定位于我主编的"花风"书系的旁支，主要以发现、策划、出版优秀的原创小说为内容主旨，是"有糖"提倡的"轻文艺"概念的一个重要组成部分。

　　我们以自然现象来为"花风"系列命名，比如已经出版的《橘月·初梦》（风）、《文月·青岚》（闪电），尚未出版的音乐特辑《时间雨》等，我们努力临摹自然之美，诚意带给读者些许自然之力。但由于种种原因，"花风"系列进展缓慢，也导致着"虹"小说的无限期滞后。

　　这像极了"虹"本身的特质，彩虹是苦等不来的，它总会不经意地出现。我们终于得到了机会，让"虹"小说从"花风"独立出来，跟广大读者见面。

　　那么，究竟什么是"虹"小说呢？它不应该像风（太过柔软又太过激烈），也不应该像闪电（跟着就是雷人），更不应该像雨雪（连绵漫长，缺少变化，"跟风"而动)，"虹"小说，如同字眼本身的涵义，美丽乍现，短暂易逝，但只要你得以一见，见识过那种美丽，便再也不会忘记。

"虹"小说的概念雏形是：以数个不同风格的文艺作者的个人风格（魅力）、每本故事气质来代表一种象征色，组成系列，故名"虹"。以包容不同风格，易于阅读，故事性强为基准的文学书系。后来，我们又给它加了一个后缀——Corssover，至此，"虹"小说终于有了完整清晰的面目。

虹：光的现象·是由小水球经日光照射发生折射和反射作用而形成的彩色圆弧·由外圈到内圈呈红、橙、黄、绿、蓝、靛、紫七种颜色。出现在和太阳相对着的方向。

Crossover：跨界、跨越、超越、交叉和融合。让原本毫不相干甚至矛盾、对立的元素·擦出灵感火花和奇妙创意。

虹的每一种色彩都代表了小说的某种特点、气质、情绪，代表了每个作者最纯粹的颜色。

Crossover不仅是跨越在生活之上的彩虹，它更是连接作者与读者之间宛如彩虹的一座桥。

当魔幻、青春、言情、冒险、悬疑等数个类型包含在同一个故事之中，当电影、剧集、音乐录影带、流行歌曲通过文字呈现在同一个平面之下，当新潮思想、前卫生活与经典故事的永恒主题碰撞之际，小说再不能单纯地被类型化模式化，它将在新理念的作者笔下呈现出"进化"之势。

这就是"虹Corssover"书系。身为一道彩虹，只想把最好看的小说，就这么不经意地带给你。

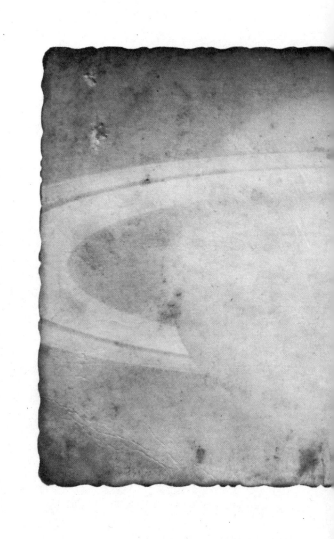

土星, Saturn。
在星象学中代表时间和命运之神,
以其沉重而缓慢的运转,
向这一星座的人索求毅力与坚忍,
以攀上生命的高峰,
因此被视为时间的雕刻者,
也是摩羯座的主导星。
在星象上一直被认为象征自制、压抑和宿命,
有土星环和众多小行星环绕。

在我的星球, 每个人不过是微尘。

亲情。童年。往事。杀戮。话语。反刍。静寂。不可预知的去处。
一切像风, 呼啸而过。

目录 Contents

楔子 p 012

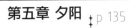

楔子 ✝

在捂着一屋陈旧气味的房间里，聂巍巍被逆光中起落的尘埃所吸引，竟有些儿走神。又过了一会儿，她看见身旁的谢信蓝从桌子上拿起了一叠厚厚的稿纸。这约莫是前房客遗留下的物件，明知会是永久的离开，留下的东西，便也是永久的离弃。

稿纸上写满了字。

天色尚早。

压在最上面的那页稿纸，泛黄，纸角微卷，已落了一层灰尘。谢信蓝伸手掸了一下，又一下，终于看清，上面写着这样的句子："曾读过一本书，书中记载，土星是最美的行星，具有荒凉到极致的美。飓风呼啸，曾有无数的尘粒被卷进风里，身不由己地跳着稀奇古怪的舞蹈，最后都被吹走了。风，常年发着难以调停的声响，却终于只剩下自己的独唱。如果有一天，人类可以挣脱自己的肉身，轻得只剩二十一克的灵魂，然后被风城的风吹走，吹到土星去，化作尘粒或一切不可丈量的物质，不必再用肉眼去不断寻找尘世中的自己，这是否也很美妙……"

天色又暗了一些。谢信蓝不自觉地又伸手掸了一下书稿上的灰尘，有那么一瞬间，她仿佛忘记了身边聂巍巍的存在。空气中的陈旧气味似乎更加浓烈了，她突然咳了起来，咳得微微弯下了腰。

"这个房间空了多久？"聂巍巍伸手抚了一下谢信蓝的肩，轻声问道。

"两年。"谢信蓝放下了稿纸，转过头来，逆光中的脸上有细小的皱纹。

"你有多久没来过了？"聂巍巍继续问道。

"记不清。自从牟鱼离开风城以后，我对时间就看得很淡了。很多事情，似乎过去了很久，但又似刚刚发生。记得上次来，也是这个时候，天快黑了，这儿的夏天，天也黑得很早……"谢信蓝的话语极轻，聂巍巍不觉听得有点走神了，她重又打量了一下这个房间，想起谢信蓝过去跟她说起的一些事，竟又多了一重恍惚。

"巍巍，你打算几时搬来？"

"嗯，明日好好打扫一下，就可以搬来。"

"好，咱们走吧。对了，我约了个朋友吃晚饭，你要一起来吗？"

"不了。再过几天，等安顿下来，我亲自买菜做饭。信蓝，谢谢你，我好喜欢这间屋子，没来由地喜欢。"

"那你就安心住着吧，想住多久就住多久。以前牟鱼不止一次地说，他没准会老死在这里，不过最后他还是走了。"

"也许他还会回来？"

　　谢信蓝只是笑了笑，没再答话，她又看了一眼刚才放下的那叠稿纸。移开的目光里，充满了不易辨别的情绪。

　　"咱们走吧。"

　　看着谢信蓝伸手把房门关紧，聂巍巍突然发现心猛然跳动了一下，隐隐觉得，自己将要进入一段倒叙的时光，在这个房间里发生过的故事，并不只是一场梦魇，在明日，即将扑面而至。

第一章　微尘

叶瞳/纪梵/牟鱼/西洋菜街285号

我迟早会成为你的另一个虚构，
只希望这一天不要来得太快。

叶瞳

"我们走吧。"男孩抬头看了一眼骤然暗了下来的天色，对身边的女孩说。

男孩很瘦，个子不高，有一张邻家男孩的脸，初见也不会让人觉得陌生。此时眉头微蹙，看起来有点儿忧郁。他穿着深蓝色圆领上衣，在这个黄昏，显得有些许黯淡。

女孩。她的美，让人无法忽视。一头黑漆漆的卷发自然垂落，未经任何修饰。她的眼睛一直往前看，似乎从不会出现迟疑，偶尔转头看一眼男孩，像猫一般的眼神，很难让人触摸目光里隐藏着的含义。她看起来还有一些莫名的怪异，可能来自那一袭米白色的粗棉布裙，款式似有点过时的裙子，上面布满繁复的皱褶，略显厚重的质地，让她整个儿显得格外地纤细。

他们一直往前走着，并不说话，彼此的步履间有一种奇妙的默契。

风很大。风城的风总是大得让人惶恐，尤其是黄昏，走在街上的人，总是被大风吹得东歪西倒，而路边的树木，像被上了发条似的，跳着谁也看不懂的舞蹈，要到深夜，才气喘吁吁地停下来。

大风尾随着他们，拐进了一条小巷，呼啸的声音渐渐减弱，而天色终于彻底暗沉。

小巷有个平常不过的名字：石头巷。这是一条总是湿漉漉的，浑浊气味持久不散的窄巷，阳光偶尔在长满苔藓的墙角出现，像一个久违的明星出现在原本属于小丑们的舞台。因为狭窄，大风吹不进来，潮湿的地气便由始至终。由此经过的人，或会被它浓烈的市井气味所迷惑，或会被呛得落荒而逃。出租屋、大排档、发廊、网吧、唱片店、刺青店、旅馆……杂乱而有序，在彼此拥挤的空间里隐藏着各自的衰落与挣扎。矮楼之上，是纠结难解的电线，在此居住的人，从未看见过完整的天空。

石头巷不是一个好找的地方。它的肮脏破落由来已久。但有时候，喜欢散漫地在风城行走的人，似乎是无意中拐了个弯，就发现自己已身陷其中。意外的闯入，反而让人不好拒绝。有人试图从中找出若干耐人寻味的东西，但往往失望而回。看似独立存在的一爿旧式建筑，城市的日新月异与它毫不相干，但总有一天，也会被掌管命途之神眷顾，被工业重型机器碾成废墟，而身为过客，我们也不过只是站在一旁，脸带触摸不透的笑意，发出幸灾乐祸的轻叹。

石头巷一定很对那些拍电影的人的胃口——擅长把混杂的声响分门别类的录音师，随便把录音设备往某处一搁，就能获得各种各样的声效。那些含糊不清的口音，分别源自许多来不及仔细辨认、瞬间即逝的脸孔，出没在大风呼啸的黄昏，循环不断。这样的声音和脸孔，始终是陌生的，像指缝间的风，留不住，让人徒然感伤。

女孩从背包里掏出一串钥匙，打开了石头巷45号的铁门。门的上方，钉着一个铁制的招牌，"左脑孤单"，不大的字，已锈迹斑斑。

"左脑孤单"是一家唱片店。女孩是店员，叫叶瞳；男孩叫牟鱼，是这里的常客。已经有很长一段日子，下班后，他只身来到石头巷，与叶瞳窝在沙发上，随便从唱片架上抽出一些唱片，一张接一张地听。这是一个一直重复的过程，他对于这家唱片店来说，已不仅只是一个客人了，他见证了它的每一个转折，每一个不寻常的经过。

有时候，他们什么也不说，有时候却喋喋不休。

他们的对话，像一张从未停止转动的黑胶唱片，在被唱机一早设置好的轨迹中，留下了细碎的声响。

牟鱼一直记得，有一天，叶瞳曾一半天真一半认真地说过这样的话：

"牟鱼，你有没有觉得，风城就是浓缩版的土星。很久以前，我曾读过一本书，书中记载，土星是最美的行星，具有荒凉到极致的美。飓风呼啸，曾有无数的尘粒被卷进风里，身不由己地跳着稀奇古怪的舞蹈，最后都被吹走了。风，常年发着难以调停的声响，却终于只剩下自己的独唱。如果有一天，人类可以挣脱自己的肉身，轻得只剩二十一克的灵魂，然后被风城的风吹走，吹到土星去，化作尘粒或一切不可丈量的物质，不必再用肉眼去不断寻找尘世中的自己，这是否也很美妙……"

牟鱼已经领教过叶瞳不少千奇百怪的白日梦，对她各种荒谬天真的念头早已习以为常，很多时候，他并不去反驳什么，他宁愿让自己相信，这些听起来经不住推敲的想法，有一天，或许会实现。可是大风吹不走风城的颓败肮脏。他终究没有说出如此扫兴的话。

一个月前，牟鱼用电脑键盘敲出"叶瞳"二字，眼前突然浮现出一只枯叶蛱蝶被钉在一个密封而幽暗的盒子的情景，锐利的钉子不过是多此一举，无论它如何扑翼，亦难逃被囚禁的困局。在叶瞳右手手背上，也有一处枯叶蛱蝶的文身，比文身更难以触摸的，是一道暗褐色的伤疤。他曾经试图旁敲侧击，向店主林骆恩打探这道伤疤的由来，但他始终守口如瓶。

一个女孩，她的一些自己从未体验的生活经历，让牟鱼觉得倍儿新鲜。

叶瞳的家在北方的素镇，一个在地图上找不到的地方，小镇上的人，世代以种植棉花为生。

叶瞳曾向他描述过这样的情景：每年到了秋天，田里白茫茫的，结在棉花枝丫上的花骨朵儿，似采之不尽，但其实这就是家里一年一度的收成。大部分的棉花被紧紧地装进箩筐里，售向外地，只留下很少一部分，被姥姥用来织布。从棉花到棉布，还要经过好几道工序，姥姥把棉花拿到镇上一家古老的小纺织厂纺成棉线，再亲自用木梭子织成布。之后，她们一起去一处小山坡采摘一种可以在棉布上染色的艾草，回家放进铁锅里，用清水煮开，把棉布泡进去，晾干，棉布就着了色，并有了一种洗不掉的青草气味。

上了年纪的姥姥，视力还是很好，经她亲手织出的棉布，看起来很厚重，但摸着却有一种柔软的质感。每年农历春节前，姥姥都要亲手为叶瞳做一件衣服。姥姥从未出过远门，却总是能随着心意，做出不落俗套的衣服款式。

牟鱼也在北方生活过一些年，可是从未见过棉花田，叶瞳的描述，无疑在他的向往中增添了一抹蛊惑人心的色彩。

与一个与自己的生活背景截然不同的人天南地北地说着话，说着说着，就有一扇从未打开的门，吱的一声，现出了缝隙。而他们更多时候的话题，都是与音乐有关的。

有一次，牟鱼随手拿起一张名为《叱咤女皇》的唱片，说："给我介绍一下这张唱片吧！"这时候，叶瞳简直是一本充满想象力的音乐百科全书。

" '有耳朵可以倾听，非文字所能表达'，我一直这样理解，不过，这并非真实的答案。唱歌的女孩叫高郁斐，她把自己的名字拆开、重组，形成了自己的艺名。这个女孩很少露面，特立独行。我一直以为，她是长着猫耳朵的，会在半夜，跑到大厦的天台，唱着自己随口编的歌，既快乐又落寞。"

在"左脑孤单"能够买到的唱片，全部是不合时宜的冷门外文碟与店主林骆恩自己刻录的CD，曲目由他亲自挑选，叶瞳则负责设计封套与撰写内页文字。她还绘画一些抽象线条，黑白，或色彩纷呈。而关于乐手与歌者的文字介绍，会加入许多她的主观描写，比如她会用"两个在上空漂浮突然相遇并爆破的脱线气球"来形容Tori Amos，或者拿"嘴里还残留着腥味的黑猫"来比喻比约克。

通常，牟鱼一边翻看她写在速写本或印刷在唱片封套内页，与线条画融为一体的文字，一边听完她推荐的唱片。他还记得她曾写过这样的句子，他总是被这样的句子劈头盖脸地击中：

我喜欢听一个一无所知的人唱歌。他具有成为一个伟大音乐人的全部优点却始终默默无闻。他是小偷，小心翼翼地偷走了一段五线谱却无人知晓；他是孩子，常常寻找一颗已被掌心的汗水弄得脏兮兮的糖果；他又像不倒翁，年逾七十仍保持着时常去游泳的习惯；他有许多不被理解的想法，从不被现实规条束缚，活得光明磊落，忧伤时从不掩饰自己的难过，快乐时又肆无忌惮地开怀大笑。他总是带着吉他，一意孤行，无论身在何处，都把音乐作为自我存在的凭证。

叶瞳有时还是个有法术的女巫。她总是能够快速地从一堆让人眼花缭乱的唱片里抽出其中一张，每次都是准确无误地找到她要找的唱片，她熟知每张唱片所在的位置。

之后，她漫不经心地把CD放进唱片机里让它开始旋转，彼此保持着静坐的姿态，微合着眼睛，一言不发，直到播至最后一首歌。这样的状态会一直延续很久，直到他离开唱片店。

"叶瞳，假如有一天，这家店倒掉了，你打算怎么办？"

"倒掉？怎么会倒掉呢？"

"现在买唱片的人越来越少，而这里卖的唱片又那么冷门……"

"冷门。冷门，是这儿最大的特色，不是吗？让好多人在这儿找到在别处找不到的东西，这是存在的价值。它冷门，不合时宜，但这有什么不好吗？不合时宜，等同于不媚俗，不管大众的喜好怎么改变，我们依然在继续。"

牟鱼笑了笑，并没有接话。他很容易会生出悲观的念头。

叶瞳，这个总是有着很多新鲜而古怪念头的女孩，她绝不只是一个普通店员。可是，她的来历无从考究。

石头巷，鱼龙混杂，有很多的未知性，但换一个地方来说，恐怕还是一样，没有谁能够彻底看清楚听清楚一个地方，它的气息，它的人脉，它的季节，它的韵律，它的表演，它的救赎。所有可以接触到的，永远是支离破碎和缥缈的印象。

叶瞳只是石头巷里众多来历不明的人当中，被牟鱼刚好逮上的一个。

石头巷就是这样一个地方。

有人每天夜里失眠老等待日光的出现。有人像金鱼被水草缠住却仍然不自知地向前昏沉游荡。有人只在白天里变成自己的模样。有人喜欢对着镜子喃喃自语。有人喜欢一边走路一边唱着充满色情字眼的民谣。

牟鱼记住了这些人，任由他们，慢慢地拼凑出石头巷的轮廓。

纪梵 ；

你知道纪梵吗？也许在石头巷里不止一次地跟他擦身而过。可是有时候，牟鱼会分辨不清楚，到底他是真实存在，抑或不过只是自己的虚构。

虚构，有时候是致命的。虚构往往是不自觉的，一开始，可能只是一个经不住推敲的念头，但虚构得越多，便不再让人觉得只是虚构，如果它没马上熄灭，却意外地存活下来，就会日益变得强烈丰满。

"牟鱼，我迟早会成为你的另一个虚构，希望这一天不要来得太快。"在牟鱼跟叶瞳说至纪梵的时候，她曾这样说。

牟鱼不置可否。

长久以来挥之不去的谣言，让石头巷担上了莫须有的罪名。大人们总是絮絮叨叨地告诫家里的孩子，千万别靠近石头巷。人们对这陋巷的印象，大部分都是以讹传讹。肆意编排的种种恶劣与龌龊，比如充满血腥味的斗殴，比如成年人掖在被窝里的勾当，比如没有人不曾遭遇的抢劫，像乌云一样笼罩在孩子们的想象中。事实上，并没有人跳出来证实，曾亲眼目睹，有额角流着血的少年从石头巷离开，或有身上混杂着劣质香水味的女人招摇而过。但石头巷里确实有一些衣着或行为怪诞的少年在黄昏时出没。牟鱼曾见过穿着荷叶边丝绸上衣的红鼻子小丑一晃而过，消失在楼宇之间，像瞬时的幻觉。也曾经见过两个衣着华丽的英俊少年靠着一面废墙忘情地相拥接吻，然后手牵手离开，在他们转身走开的刹那间，阴暗的巷子里突然有了光。

纪梵就像一枚硬币，"叮"地一声跌落水泥地面，一直滚动向前的轨迹，细碎而隐蔽。

纪梵的身上始终游离着难以触摸的气息。他总是戴着鸭舌帽，低着头不紧不慢地走路，目光微微低垂，带着稍不留神就要滑倒的危机。他有意无意地观察着在他眼前晃动的许多形形色色的腿，偶尔抬起头，你会发现，他的眼神里充斥着一种莫名其妙的兴奋，像是经年藏在黑暗中的偷窥者，获得了常人无法体会的满足和快感。

纪梵总是在日落前独自到"Wednesday"网吧玩游戏，这几乎是所有终日无所事事的少年钟爱的消遣。花很少的钱就能打发掉漫长的时光。时间，对于一个无所事事的人来说一无用处，有时候甚至不比裤兜里那两枚暗中发出声响的硬币来得实在。

"如果我不去消灭时间，就一定会被时间消灭。"

这天，纪梵在去石头巷的路上买了一份报纸，带上公交车打发时间。在文艺副刊密密麻麻的文字中，这句话令他印象深刻，写这篇文章的作者最后一定会因为空虚自杀。这是他把报纸扔进垃圾桶之前得出的结论。

纪梵在网吧会一直待到第二天的清晨才离开。在整个炎热的夏天，在烟雾弥漫的网吧一角，他操控着一场又一场由电脑程序编制的飞机战役。他只玩这个游戏，从未厌倦。

"Wednesday"网吧表面上与其他网吧无异，但在许多风城少年的心中，它举足轻重。半年前的一个深夜，有人离开前在某个包厢里掸落了一截没有彻底熄灭的烟，如果不是被店员及时发现，也许由这截烟所引起的火灾，可以轻而易举把石头巷烧成废墟。"Wednesday"从此成为风城为数不多的禁烟网吧。而这家网吧的老板吕荷西的身份，也是石头巷里最惹人揣测的话题，在众多版本当中，最让人信以为真的是——三十出头的吕荷西是当年石头巷一带最令人头疼的小混混，曾经卷入过一宗少年犯罪案。大家很努力地试图在他的面相里找出昔日"少年犯"式的凶狠，却一无所获。始终没有人从这个偶尔才会在网吧里出现的异常沉默的魁梧男人身上看出什么端倪。

纪梵是李炜的初中同学，虽然他们有八年的时间没有见过面，但当纪梵低着头从李炜身边走过的时候，李炜还是一眼把他认了出来。

初三。全班个子最高的纪梵，被安排在教室最后一排座位，这是一个可以很好地隐藏自己，肆意开小差的位置。

纪梵从不与班上其他的男生来往，性情孤僻的人向来不讨人喜欢。

一天六节课，二百七十分钟。纪梵把其中多少时间用来折叠纸飞机了？每天下午放学的时候，李炜总是看见他的书包里装满了用洁白的纸张折叠的飞机。

一个星期三的清晨，大概六点半，学校校工张伯在打扫操场跑道的时候，扫起了不计其数、被隔夜的露水打湿了的纸飞机。那一只一只停落在跑道上的纸飞机，垂头丧气地被张伯扫进了垃圾桶。他在薄雾里打扫着这些纸飞机，心里非常纳闷：哪个调皮的孩子，在其他人睡着的时候，扔了那么多的纸飞机？他当时只是摇摇头，没有再为这事思索下去。在他记忆力日渐衰退的脑袋里，已经装不下太多杂乱的事情了。还有一个月，他就要退休。

一个星期过去了。在张伯快要把此事淡忘的时候，同样的情况再度出现。他再一次在打扫操场跑道的时候看到了不计其数、被隔夜的露水打湿了的纸飞机，它们如此脆弱而狼狈。

"谁家的小杂种，吃饱了撑的没事找事干吗？"

张伯连忙走去把此事报告了校长。

小事一宗。事务繁忙的校长一转身就把这事给忘了。也许他当时脑海里曾闪出过一丝难得的兴奋。一潭死水的校园生活，终于荡出了一圈涟漪，并慢慢地扩散。

又是一个星期三的清晨。张伯口中的"小杂种"并没有打算罢休，他似乎要无休无止地把这个小把戏继续下去。并且，这个"小杂种"对星期三有某种特殊的偏执，就像一只贪玩的猫偶然在桌面上推倒过一个杯子，之后就上了瘾似的，在同样的位置相继推倒了一个又一个的杯子。

张伯站在操场跑道边，眼看着一地的纸飞机，气得把扫帚扔掉了。找来一个干净的塑料袋，把它们统统捡起来，作为证据送到了校长办公室。

这事终于引起了校长的重视，在全校大会上，他向这位乱扔纸飞机的学生提出了告诫。在这件事水落石出之前，没有人会把这样的告诫放在心上，反而都有了等待好戏开场的窃喜。

后来，纪梵被班主任带到办公室。隔着办公室的玻璃窗，有人看到他被气青了脸的班主任训斥了一遍又一遍依旧默不做声。他始终不肯说出乱扔纸飞机的原因。

他被没收了抽屉里所有的纸飞机并罚跑操场二十圈。之后，座位从教室最后一排调到第一排。

个子最高的纪梵与班上个子最矮的男生并排而坐，引得满堂哄笑。

纪梵的纸飞机，在学校里引发的震荡，随着中考日期的逼近，慢慢地变得微不足道。直到有一天，第一排那个属于纪梵的位置，突然空出来了。

"同学们，由于种种原因，纪梵从今天开始不来上课了。离中考还有一周，希望大家能把握好时间，好好复习。"班主任在班会上，声音冷静得像一部被调好了程序、准确无误发音的机器。

中考前，纪梵突然退学，无声无息地从初三（2）班的教室消失。除了李炜，再没有人愿意探究其中的原因。在许多次考试测验中，纪梵无所畏惧地抄袭李炜的试卷答案，而李炜则大方地配合。在明目张胆的抄袭与被抄袭当中，他们充满默契地完成了一种交流，不必依赖任何的语言。纪梵不同于其他贪婪的作弊者，即使他能全然复制李炜的答案而获得与他一样的高分，也总是留有余地，把自己的分数控制在一个不高不低的位置。

那一天，纪梵被罚跑操场。李炜的眼睛一直往窗外看。远远地看着纪梵孤单而倔犟地奔跑着的身影，眼里蓦然升起了一层擦不掉的雾气。窗外，相对静止的是已经长得很高的杉树，一种不大会随着季节变更而发生明显变化的树。偶尔，会有一两只白鸟从这棵树飞到另一棵树。它们在他的眼里突然幻化成纸飞机，带着一段弧线，不着痕迹地滑过，跌落，不会发出粉身碎骨的声音。可是，他分明能够听到一阵带着疼痛的叹息。在纪梵筋疲力尽地跑完那二十圈之前，李炜已有预感他要从自己的身边彻底离开。

在纪梵被班主任从最后一排调走之前，李炜一直是纪梵的同桌。他一直留意着纪梵如何让一张张白纸成为一只又一只在夜风里起飞的飞机。用十只修长的手指，倚仗轻柔的动作，完成了一段堕入尘土的飞翔。他的眼前时常会浮现出这样一幕：纪梵背起书包，从宿舍里正此起彼伏的鼻鼾声中溜了出来，爬上教学楼黑漆漆的楼顶，从书包里掏出所有的纸飞机，一只一只地放飞。风城的风从未停歇，于是，在夜色中泛着白光的飞机，滑出了一道道完整的弧线，继而降落。

除了李炜，没有人知道，每只纸飞机上面都写着字。在黑暗中坠落，被夜露打湿，这些字化成一摊无法辨认的污迹。

除了李炜，没有人知道，在他的书包里，也一直藏着一只纸飞机。那是一次趁纪梵离开座位的时候，伸手从他的抽屉里偷过来的。他在放学的路上，忍不住拆开来看上面写着的字。上面只有一句用粗拙的笔触写出的话。可是，他并不能明了这其中的含义。他把这只飞机重新藏在书包里，直到毕业，与整整三年的初中时光分道扬镳。

除了李炜，不会再有人记得纪梵了，他们之间的契合，并不只是考试时的作弊，还有那只上面写着不为人知的语句的纸飞机。那么多年，李炜始终珍藏着它。偶尔拆开来，看看上面的笔迹，里面的语句，带着无可名状的神秘感，随着纪梵的离开而永久留存。

可是，纪梵又出现了。戴着鸭舌帽，低垂着脑袋，出现在"Wednesday"网吧。八年似乎只是弹指之间。星期三早上的校园满跑道的纸飞机。"Wednesday"网吧里自我操纵的飞机战役。这是一个谜,它一直盘踞在李炜的心里,挥之不去。

牟鱼

"李炜偷来的那架纸飞机上写了什么?"叶瞳问道。

"不能告诉你。除非拿你的故事和我交换。"牟鱼哈哈大笑。

"我没有什么故事可讲的。"

"你有,一定有。"

"你最好别抱什么希望……牟鱼,你就是李炜。"

牟鱼笑着摇头。

在七月到来的时候,牟鱼开始了没日没夜的加班。他在一家名叫"新盒子"的广告公司上班,写文案。在此之前,他刚被一家广播电台的台长辞退了,那个平日脸上总是堆满笑容的中年男人,给他上了极其有用的一课。被辞退的原因一点也不让人觉得新奇,不过是因为牟鱼获得了昔日与他一起竞逐台长一职的对手的赏识与提携。

牟鱼还记得这样的一幕:在广告部办公室收拾东西准备离开的时候,坐在周围的同事都非常忙碌,他们甚至头也没有抬一下。他们肯定已经彻底忘记了还有他这号人的存在,也彻底忘记了在他们被刁钻的客户反复折腾情急之下找他援手的窘况。彼时，广告部主任，隔着办公室的玻璃墙向他招手。

"我从来不怀疑你将来会有一番作为。在最初所有来应聘的人当中，只有你由始至终没有患得患失，也只有你，敢骑着单车，闯入停满私家小车的办公区。可是你并不知道，横冲直撞的你，迟早会成为一些人的眼中钉。他们绝不会让一个初出茅庐却桀骜不驯的小孩充当主角，尽管他很有资质。"

"在这个部门，每个人的地位都岌岌可危，谁也不知道哪天自己会被刷下。你一定看过A和B背地里互相抢单，也一定看过C的愁眉苦脸和D的笑逐颜开……所以我很庆幸，你不必再卷入他们之间的明争暗斗，也不必再为业绩焦虑了。你看我所处的这个位置，表面风光，实则也是陷阱重重……"

这番话一时让人难以分辨到底是推心置腹还是惺惺作态，但诸如"从来不怀疑你将来会有一番作为"这样的话，无疑还是给了牟鱼一定的安慰。这样的安慰，在以后的工作期间，再也不曾有过。

从电台广告部离开，牟鱼骑着那辆单车，走在大街上，无比沮丧。这是他大学毕业后的第一份工作，它如此阴霾，仿佛在提示，日后的职场生涯并不好过。

进入"新盒子"如同进入另一个天地。最初的面试，牟鱼用一张刻录了由他撰写的数十条电台广告的光盘，获得了老板的赏识。牟鱼被安排在文案部一个靠窗的位置，窗外是风城最大的公园，只要是晴天，就能看到漫天的风筝。他常常会望着风城这特有的城市景象长久地走神。事实上，在风城生活多年的人，几乎都拥有至少一只风筝。在公司附近有一个风筝作坊，里面摆卖的风筝全是现场手工制作，造型十分独特，但价格并不昂贵。这是他迄今为止见过的最赏心悦目的风筝。公司里的同事有不少是放风筝的高手，他却始终没有学会这门本领。

牟鱼座位对面是杜韵音，一个性情温润的女孩。她在办公桌上种了很多植物，还养了几尾热带鱼。他和她的相处，像极了她养的热带鱼，每天都游动在各自的左右，却从未有过深刻的交集，也许有一天，谁从公司先行离开，他们便从此各奔东西。这样的关系反而显得轻松，不用推心置腹，不用左右提防。

加了长达半个月的班，牟鱼终于得了点空，再次来到"左脑孤单"唱片店。

这天天气阴霾，雨一直下不下来。石头巷的阴暗气息愈加浓重。他有时候会对这种气息格外着迷，它是低落的，不会轻易让人心存无谓的幻想与希望。

这天，柜台后面坐着的是店主林骆恩，一个英俊得无论走到哪里都会成为焦点的大男孩。除了经营这家唱片店，他还是一支独立摇滚乐队的主唱。很多买唱片的女孩其实都是冲着他而来的。牟鱼曾经在一个酒吧里看过他的乐队"树屋"的演出。他站在小舞台的中央，撑着麦架唱歌，优雅、沉着，没有一个夸张的眼神和多余的动作。有时候他的声音甚至会被台下女孩们的尖叫淹没。可是，他对此毫不在意。他有一个交往了很久的女朋友，牟鱼和叶瞳都见过，是个叫纪云端的女孩，相貌并不出众，有着灰姑娘式的沉静，她为林骆恩创作的曲子填写歌词。

"咦，今天怎么是你亲自坐镇，叶瞳呢？"

"她没告诉你吗？昨天，是她最后一天在我这儿工作。"

"开什么玩笑？！我最近一直加班所以没有来。她到底去哪儿了？"

"嘿嘿，她让我别告诉你。"

"林骆恩！你少卖关子。"

"哈哈，你凶什么凶啊。她确实不在这儿工作了，千真万确。不过，她留了张字条给你，喏，拿去吧，祝你好运……还有，我这个店下个月就要搬走，搬好之后会告诉你新地址，你还会常来的，对吧？"

叶瞳给牟鱼留下的，是一架纸飞机。拆开，上面只有几行字：

在"左脑孤单"要关闭或搬迁之前，我暂时离开。

城西区西洋菜街285号，有时候我会在这里，有空来看我的画展。你要把故事一直讲下去，要讲给不同人听。

不说再见。

你要保重，牟鱼（李炜？）

叶瞳留字

.

林骆恩在旁饶有兴致地看着牟鱼，一副爱莫能助的无辜表情。

"叶瞳到底去哪儿了？"

"其实我也不知道。她在半个月前跟我提出要辞职，但并没有说具体原因，我也没有多问。像她这样的女孩，迟早是要走的，没有人可以留得住她。"

牟鱼不再说话，坐在小沙发上抽烟。店内的光线愈发暗淡。

林骆恩从柜台走出来按亮了灯。他的动作总是那么优雅。

"你最近有写什么新歌吗？"

"没有。其实还有一个坏消息要告诉你的，我决定解散我的乐队。"

"为什么？一切不是好好的？"

"鼓手一直向我提出要去承揽一些商业演出，这是我比较抵触的；吉他手下个月要出国留学；我又希望能多花点时间来经营唱片店，所以大家决定暂时解散。"

"唱片店做得好好的，为什么要搬？大家都已经习惯到这里来了。"

"我一直以为你的消息会比我更灵通。你难道没听说，石头巷以及周围的老建筑很快就要拆迁吗？据说政府要跟一个房地产商合作，要建一个所谓的高档住宅小区……"

从林骆恩口里得悉的坏消息一个接一个。牟鱼突然觉得很烦躁。

"林，我先走了。改天再来。"

从这一天开始，下班后，牟鱼不再匆匆忙忙地往石头巷赶了。叶瞳的不告而别，让他突然感到前所未有的空虚。对他而言，她是阴冷颓败的石头巷里一处明艳的色块，失去了她的石头巷甚至是不完整的。如今，她就像一片被大风卷走的落叶，在夏天尚未结束之前，失去了踪影。

牟鱼走到石头巷巷口，从裤兜里掏出了那只纸飞机，原本是要带给叶瞳，让她把它拆开，看一眼里头用粗拙的笔触写的话。

突然，他想起了她留下的地址：

城西区西洋菜街285号。

西洋菜街285号 ；

一座城市的日益颓败与常年猛刮着的大风是否有必然的联系？牟鱼一直怀疑，风城会在一夜之间变成一座空城或废墟。他曾经一次次看见在天空飞舞的风筝突然坠落。很多时候，人和风筝并没有什么不同。也有一条无形的线，扯着每个人在风里行走。断了线的人，会突然消失得了无痕迹，仿佛从未存在。

牟鱼承认自己对隐藏在风城各处的窄街陋巷有一种异常的迷恋。它们是属于风城的秘密，分散在风城的东西南北，宁静自守，像被漂染了一次又一次的土棉布，被压在桐木箱底，终日不见光影。突然有一天，被某个动作翻弄出来，却发现已沾满了发黄的霉点。没有人能够轻易进入，一旦进入，便无法全身而退。

从城北的石头巷到城西的西洋菜街，是两趟长线电车的距离，之间，有一种神秘的牵引。

西洋菜街，大约有五百米长，是风城的老建筑保存得最完整的老街，以麻石铺成的路，两旁是青砖民居，每家每户都有一扇雕琢工艺细致的古旧木门，门里各有天地。它是一段没有被大风吹走的历史。近些年，逐渐有人在这儿开设了旅店、茶馆、手工艺品店，许多途经风城的人，都到这儿落脚。刚到风城的牟鱼，也曾特意来过一趟，总是与三三两两闲散的游人擦身而过。

许多挂在屋檐下的大红灯笼，已经有了破旧的痕迹，从中透出稀稀拉拉的光。牟鱼很喜欢这条街上的手工艺品店，许多不知名的手工艺人在沿街的位置摆卖他们自己手工制作的东西，形态各异的竹篾编的日用器皿、木头玩具、线装本子、风筝等，都很朴素。白天，他们在各自的店铺里，埋头做着手中的活儿，悠然自得，毫不在意不速之客带来的扰攘。夜里，早早地关上店门，约在一起，到旁边的茶馆喝茶聊天。

陈旧斑驳得难于辨认的门牌号码，在夜色中显得隐晦。

西洋菜街285号，是"指尖以西"画廊。

推开厚重的木门，有油彩的气味与百合花香扑面而至。在与门相对的柜台后面，坐着位黑衣女子，她抬头，微笑，气定神闲。约四十坪的空间，分为上下两层。地上铺着一张偌大的颜色斑斓的地毯，左右两边的墙体挂满了镶嵌在木头画框里的油画。店里播放着音乐，是一个声音清澈的女孩，唱着清淡的民谣。

"你好，请到楼上看看，有个不错的油画展。"

一小段通往二楼的木楼梯，被擦拭得一尘不染，似乎很久没有人来过了。空气是冷清的。女子替牟鱼亮了灯。于是，牟鱼看见墙上、画架上，向日葵在怒放。画布上，厚重的橙黄色块占据了很大的面积。这是一种新鲜的画法，花瓣以一种不符合常规的比例向外伸展，花盘突兀地深陷下去，叶子被笼罩在阴影里。寂静得近乎静止，没有风，光线是明亮的，却并非是浅显的明亮，里面还包容着不同层次的冷色调。此时看着这些画，像远远地看到一堆火在燃烧。牟鱼想起了那个画画至疯狂，割掉了自己耳朵的疯子，如果他看到这一组画，也许会发出会心的微笑。

之后，牟鱼看见了叶瞳。她的自画像。她直视前方的眼睛，似乎要迫使每个与她对望的人，以某一种方式逃遁而去，比如一只试图从猎人的枪口逃离的梅花鹿，比如一条在月色中沉没深海的鲸。她的嘴角带着微笑。看见她，置身于一片空地之后，远离了所有的装饰。她不再是那个天天跟他一起听唱片，讲述各种荒谬天真念头的神秘女孩。这是他从未了解的叶瞳，不同于从前所看过的那些抽象缠绕的线条画以及若干神经质的文字。这是她不曾裸露的一面，一直隐藏着，如今，在一个安静的位置，终于再无保留。

面对这些第一次看到的油画，牟鱼并没有觉得很惊讶，原本他就很笃定地以为，叶瞳绝非是一个普通的店员，她充满灵气与神秘，所有经由她的手创造的美好，都是理所当然，只是不太理解，她何以一直隐藏着自己，不试图去披露，也隔绝了别人的入侵。

她不告而别，到底去哪儿了？是因为想家而在采摘棉花的季节回到家人的身边？还是在风城一个暂时没有人可以找到她的地方继续画画写作？

牟鱼满脑子的困惑，同时，为自己迫切要再见到她而感到惶恐，他清晰地意识到，在这样的迫切当中，包含着许多难以言说的情绪。

牟鱼走下楼去，面对柜台的黑衣女子。

"你好，嗯，我认识楼上画展的作者叶瞳，她在一家唱片店里打工，我常去买唱片，经常跟她在一起待着，蹭唱片听，和她聊起各种各样的事。她最近给我留了张字条，告诉我她在这儿办画展，所以我就来看看，还以为她也在这里呢。你，知道怎样能找到她吗？"

"你是牟鱼吧？我曾经听叶瞳提起过你。她昨天在我这布完展就走了。昨天凌晨的火车。那天她在一本旅游杂志上看到一个村落的介绍，是一个很漂亮的地方，有一大片人工种植的向日葵花田，你刚看过画展，可能也知道，她有很深的向日葵情结，所以，扔下杂志，就马上跑去火车站买了票。另外，她还说要回家一趟，看望一下姥姥。"

"那她有没有说什么时候会回来？"

陌生的黑衣女子依然气定神闲地微笑着。

"我跟她认识很久了，可还是常常觉得不太了解她。这次展出的画，是她很长时间的积累，这一年，她除了在唱片店打工，就是把自己关在屋子里画画。这次画展没有到处打广告，每幅画也都不标价。她说展完以后，自己要留几幅，其他全送给喜欢这些画的好朋友，这当中包括你。"

"她怎么就舍得送人呢？"

"她说，与其让这些画成为累赘的身外之物，不如与自己的好朋友分享更为合适。她就是那么容易放下一切的人，我信佛缘，但讲到'舍得'，我并不如她……等她回来，我会告诉她你曾来过。"

"谢谢你，那我先走了，希望你的画廊越办越好。"

"嗯，我会努力的。"

刚从画廊走出来，牟鱼的手机响了，是林骆恩的来电。

"我在店里，刚跟云端吵了一架。她走了，我要把她追回来，可是店里还有客人，你能过来帮我看一下店吗？"

"我打车过来，起码也得二十分钟。"

"我等你。"

"别急。我马上来。"

牟鱼在西洋菜街街口截了辆出租车。摇下车窗，回头看了一眼这条在夜色中显得黑黢黢的街。下次再来，它会不会还是老样子？

到了唱片店，只看见林骆恩一脸焦躁。店里聚满了客人，他们守着唱片机，轮流试听着CD。

"那这里就拜托你了，我会尽快回来。"

"你们好好聊聊，别太着急。"

从来没有在这个时候，还待在石头巷。夜里的石头巷，有一种更媚惑的气息在流动。

那些兴致勃勃地试听着CD的男孩女孩，在林骆恩离开以后，也相继走掉了，大部分人都是空手而去。

牟鱼一个人在店里，随手把一张唱片放进了唱片机。是Nine Horses乐队在2005年出版的专辑《Snow Borne Sorrow》。很早之前就听过主唱David Sylvian的个人专辑。在几年前的一次旅行中，同样是在一家摆满冷门专辑的唱片店里，有朋友向他推荐David Sylvian的唱片，说他跟David Sylvian有某种程度上的相似，都有着清秀的面目和冷静的声音。David Sylvian的声音清晰准确地落在其中，由始至终的清醒与冷静，让人突然产生出蜜蜂密集的绒毛和毒刺正在逼近的幻觉，而透明中混杂细微纤维的翅膀正扇动出不易察觉的声响。

David Sylvian的声音与此时的石头巷是如此吻合。牟鱼站在店门口，看着附近店铺的灯光逐渐熄灭。一条逐渐被夜色吞噬的陋巷，曾经被津津乐道的一切，显得如此微不足道。

牟鱼突然想起了石头巷里唯一通宵营业的"Wednesday"网吧，以及戴着鸭舌帽埋头打着游戏的纪梵。

　　是的，牟鱼就是故事中的李炜。那段一直被记忆修改着的往事，越发显得虚妄。David Sylvian的声音一直在身后，不紧不慢地响起。

第二章　时光

如果我没有猜错，

这绝不是这个故事真实的结尾。

苏夏的唱片

　　半年时间，不过就是隔着靴子搔了搔痒，那一小处的过敏性红斑，很快就没了痕迹。牟鱼的生活风平浪静，工作照旧，无过无失，这让他越发觉得，风城就是最终的归宿。这个城市没有什么不好，平稳得近乎中庸，很适合脚踏实地的生活。

　　有一天，牟鱼接到了林骆恩的电话。他淡淡地说出要跟纪云端一起出国留学的决定，希望牟鱼能接手他的唱片店。牟鱼几乎没有犹豫就答应下来，迅速向老板递交了辞职信，并没有刻意向老板隐瞒自己的去向。

没错，懒懒散散地开一家唱片店是他一直以来的理想。

用了两周的时间，牟鱼把已经搬到市区一条商业街的"左脑孤单"唱片店按照自己的想法重新装修了一遍。把墙刷得粉白，找来一位画插画的朋友，在其中一面墙上画了一组黑白线条画。一只被切掉了一支角的麋鹿，停立在天际线上眺望，像一个放大了的唱片封面。用质感厚重的杉木，做了镶嵌在墙的CD架。还买了一张能够同时容纳三个人的米色布艺沙发，摆在墙角，很适合把身体深陷进去，听唱片、发呆，或摇头晃脑。店门外，摆放了很多易养的植物。还养了一只乖巧黏人的白猫，取名为牟小鱼。

最后，牟鱼把店名改为"土星"，不再只卖一些曲高和寡的唱片。五十坪的小店，可以试听唱片、喝咖啡、看杂志，用投影仪放映杂七杂八的电影。重新开业之后，生意出奇地好，远远超过了他的期望。他一直在想，叶瞳如果回到风城，有一天，她若知道有这么一家店，一定会一路找过来的。

日子就这样一天一天过去，可是叶瞳一直没有出现。牟鱼越来越怀疑，她已经背弃了风城这个被她称作"浓缩版土星"的城市。而他仍旧独自留在这里，尽己所能地经营着"土星"。

二月十三日。初春的早晨。街上依然寒风呼啸。风城的春天，要花很长的时间才能从冬天里彻底抽离。阳光在寒风里形单影只，终究只是呈现出单薄的轮廓。再过十来天就是农历新年，唱片店的生意，逐渐失去了刚开始时那股热劲儿，不温不火的状态，却让牟鱼觉得释然，门庭若市的热闹注定不会是长久的。

门被推开，进来一个身穿柠檬黄色毛衣的男孩。

真像一只放大了的柠檬。牟鱼这样想着，习惯性地对他微笑。

唱机里，正放着爱尔兰乐队The Cranberries数年前的旧作《Dying in the Sun》。清冷的女声，在这个寒意凛冽的早晨，没来由地产生出一种让人贴近的温暖。

Do you remember the things we used to say?
I feel sonervous when I think of yesterday.
Like dying in the sun.
Like dying in the sun.
Like dying in the sun...

男孩径直走过来，走到柜台。

"你好，能再播一遍这首歌吗？我很喜欢这首歌，但是已经很久没听过了。"

他说话的语气很轻很轻，离牟鱼很近，并没有因为陌生而显得拘束。脸上的笑容，与他柠檬黄色的毛衣很相衬。

牟鱼按了一下唱机的重复播放键，发现他的手中捧着好几张唱片。

"你喜欢听哪种类型的音乐，经常买唱片吗？"

"什么都听一点，就是听着玩。这是新买的几张。"他把手中的唱片递给牟鱼，转过身去，翻看木架上的唱片。

牟鱼把水壶放到热炉上。从去年冬天开始，他为走进店里的客人煮咖啡。一杯咖啡，可以让一些客人在此停留得更久，那种短暂的陪伴在某种程度上更加持久。他会一直记得,一些坐在沙发上捧着咖啡杯试听唱片的人,他们脸上突然浮现的表情,那种迅速出现又褪去的快活与忧伤都极其真实。有一回,有个留着齐耳短发的女孩,在店里坐了很久,她不喝咖啡,只要了杯热开水,听一张电影原声碟,播放到一段很长的大提琴独奏时,她突然放声大哭。牟鱼尽力把自己藏匿在柜台后面,尽量让她忽略还有另一个人的存在。后来她喝完了那杯早已经变凉的开水,推开门走了,那张电影原声碟才刚播了一半。

男孩带来的唱片,无一不是个性突出的另类女声:Pj harvey的《To Bring You My Love》、the Sundays的《Blind》、Tori Amos的《Little Earthquekes》、the Cardigans的《Gran Turismo》。但最吸引他的,是一张看起来稍觉粗糙的唱片《十四朵向日葵的夏天》,牟鱼第一次见到它,觉得它有一种很熟悉的气味,与石头巷时期的"左脑孤单"十分接近。洁白的碟片上印着乐队的名字:寂夜潜水艇。如果没有猜错,这是一支地下乐队的原创专辑。封面上一朵用水彩画成的向日葵,猛然让牟鱼想起了叶瞳,以及她在"指尖以西"画廊举办的画展,她画的向日葵,依然历历在目。牛皮纸打印的封面与内页,十四首歌,皆是引人遐想的歌名。《葵夏》、《午夜落幕的电影》、《正午独自走路的童话》、《人鱼眼泪》……

"我能听一下这张唱片吗?"

"当然可以。"

十四朵向日葵的时光

春去秋来
讲述一个童话
在渐斜的日照中
十指沾满油彩
总有一些化作了灯火
总有一些化作了荒芜

再也无法企及那个葵花灿烂的家园
或许葵花已败
或者葵花不败，只败了人心？

清亮中带着点沙哑的女声有着凌驾一切的力量，木吉他之外，还有默契无间地配合着的大提琴。优雅的旋律似曾相识，却又是从未触及。牟鱼想，如果叶瞳听到这首歌，一定也会喜欢。

牟鱼把煮好的咖啡从过滤壶里倒进杯子，递给男孩。

"这张唱片很有意思，你是从哪儿买到的？"

"上个月，我在寂城，被一个好朋友拉去一个酒吧玩，刚好那天晚上是这支乐队的演出，每个进场的人，都能够得到这张他们独立发行的唱片。可这已经是他们最后一次演出了，算是解散前的纪念。他们的演出很棒，尤其是女主唱爱丽丝，她的声音让人很难忘，她写的歌词很细腻。"

"女主唱叫爱丽丝？"

"没错。唱片内页里，有她的介绍。可惜的是，那天晚上的灯光很暗，我一直没有看清楚她的样子。也有可能是，她故意不让人看清楚。"

一个离经叛道的女孩，她的声音也许会勾起你许多回忆，可是，你永远对她一无所知。这是内页中有关爱丽丝的文字。爱丽丝，这并不是一个让人觉得新鲜的名字。

"我想找一张唱片，我刚才翻遍了唱片架，也没有找到。"

"嗯?"

"Adam Green的《garfield》。"

"你留下联系方式，我一找到就马上通知你。"

"这唱片是要送给朋友的，这样行吗? 我留下订金和他的联系方式，你如果能够找到，就直接让他来取。我明天就要离开风城，等不及了。"

"我会尽力帮你找的。但是，如果找不到，你的订金我怎么退给你呢?"

"我相信你能找到，万一找不到就再说吧，这是想送给朋友的生日礼物。"

"我会尽力而为。对了，你现在急着要走吗? 如果不急，就先坐下来喝杯咖啡，我想把你这张唱片听完。对了，还有，如果你的朋友来取唱片，我应该告诉他是谁送的?"

"我叫苏夏。"

牟鱼看了一眼他在本子上留的信息:

我要订购Adam Green的《garfield》。找到后请致电×××××××××，纪楚。二月二十六日是他的生日，替我跟他说声生日快乐，并提醒他拿到这张唱片后要抽空听听。苏夏。

　　牟鱼没有想到，竟是这样的方式与纪梵再见。

　　他给纪梵发了一条信息，告诉他，有人给他订了唱片，让他来取，只留了"土星"的地址。

　　二月二十五日的早晨，纪梵头戴毛线帽，穿着黑色风衣走进了"土星"。彼此注视对方的时候，都有几分错愕。

　　"纪梵，还认得我吗？"

　　"牟鱼？！没想到在这儿碰到你……你还好吗？"

　　纪梵嗓音低沉。

　　"半年前，在石头巷，我不止一次看到你，只是从来没跟你打招呼。"

　　"是的，有段时间我一直待在那儿，后来突然感到厌倦，就再也不去了。"

　　"这是苏夏给你订的唱片，他让我跟你说声生日快乐。"

　　"谢谢。多年没见，你还是像从前那样，对自己的生活充满把握。希望你的店越做越好。我先走了。"

　　"纪梵，等一下！我还有一样东西要给你。"

　　那只被牟鱼收藏了六年的纸飞机，现在被他攥在手里。再见纪梵之前，对这只纸飞机所隐藏的秘密，始终保持着好奇。但此时，却突然觉得，这个所谓的秘密已经变得无关痛痒了。

　　纪梵把纸飞机接在手里。他的表情里浮现出一丝的诧异。

　　沉默。

"其实，有很长一段时间，我一直很想知道，这纸飞机上写的字的含义。"

"现在你还想知道？"

"在见到你之前确实是这样。现在忽然觉得不重要了。"

"嗯。那我先走了，你要保重。"

纪梵一边说着，一边把那只纸飞机揉成一团，准确无误地，扔进了墙角的垃圾桶。他向牟鱼挥了一下手，推门而出。

过去的六年，在牟鱼的脑子里幻想、拼凑了无数回的虚构的情节，现在成了一团揉皱了的白纸。突然觉得这个结局，比其他很多臆想过的结局都来得完满。

牟鱼把纸团从垃圾桶里捡回，摊平。笔迹，歪歪斜斜，写着：

妈妈，来，我们一起飞。

顾若纪的塔罗牌

叶瞳再次出现，是在一个天气回暖的午后。她推门而进的时候，牟鱼正在整理新订到的唱片。唱片的胶盒彼此摩擦出的声音有一种没有着落的空洞。

"老板，请问我上星期订的唱片到货了吗？"

"稍等一会儿，等我先整理好……"

牟鱼忽然觉得不对，这声音听起来很熟悉。转过头，怔了一下，一时竟说不出话。

"怎么？才不到一年，就认不出我了？"

事实上，眼前的叶瞳依然是半年前的模样。还是一身古怪的棉布衣服，以及那一头让人难忘的卷发，只是看起来风尘仆仆。

"你竟然回来了。奇迹！"

"哈哈，哪儿有什么奇迹。不过就是出了趟门，然后回来了。"

"你太任性。也不交代一声就走。"

"我去了一个村庄，看长得满山遍野的向日葵，心满意足。还回了趟家，看望生病的姥姥。后来又去找了一个熟人。"叶瞳轻描淡写地说道。

"姥姥的病没大碍吧？你去找的是谁，能让你一走大半年？"

"我走的时候姥姥已经康复了。我去找大学时最要好的同学，顾若纪，她中途退学，我一直找不到她。这次回家，却收到了她在不久之前寄来的明信片，上面留了她在央城的地址，我就决定去找她。"

叶瞳一边说着，一边坐在角落的沙发上，抱起了正在睡懒觉的白猫。

"它一定叫牟小鱼。"

"这你也知道？！"

"顾若纪用塔罗牌帮我算出来的，她说，你回到风城，会遇见一只猫，这猫的名字与你认识的一个人名字相近。没错，顾若纪果然是个法术无边的女巫。"

牟鱼哈哈大笑，却并不去分辨这话的真假。

"我之前想象过很多次与她相遇的情景，最终，在央城见到了她。这些年，她并没有很大的变化，还是当年那个一尘不染的女孩，她已经成了基督教徒，每个周末的早晨，步行到城里的教堂礼拜。她现在一个人生活，生活时有艰辛，但每有难关，她总是能化险为夷，她是真正内心强大的人。对了，她也很擅长讲故事，你俩真应该认识。"

"你不说我几乎就忘了，你还欠我一个故事。"

"我坐了很久的火车，昨天才回来。现在眼前还是像走马灯一样，晃动着许多陌生的面孔。"

"来杯咖啡？这半年来，我唯一的长进就是学会了煮咖啡，最拿手的是煮卡布其诺、拿铁和双份浓缩。你来尝尝味道如何。"

"我认识的你，从来不做没有把握的事。给我来杯拿铁。"

"我最没把握的事，是不知到底还能不能再见到你。"

"我确实几乎不打算回来了。顾若纪央城留在央城，跟她一起开店。她开了一家植物店，卖自己种的香草和多肉植物。光是薄荷，就有六种。她在一个安静的房间里，免费给客人用塔罗牌占卜。她对我说，塔罗牌可以针对求问者不同的需求来占卜，很多事情都可以借由塔罗牌来获知。大家都对她的占卜深信不疑。可是，她总是对每个求问者说，自己懂得的只是皮毛，所谓占卜，只能当是游戏一场，不能作准，不能太较真。我这半年一直在她家的院子里，跟她学种植物，她教我认识各种植物的生长习性，但我只学得了一些最基本的。我们在夜里常常一起说起往事以及离别后各自的遭遇，有很多感触……但最后，我还是决定回来。央城很好，但我更喜欢风城，我的浓缩版土星。在我离开央城的时候，曾试图说服顾若纪跟我一起回来，但她拒绝了。"

"你下次再走就别回来了。"

"其实当时听林骆恩说到唱片店要搬迁,突然觉得心灰意冷,又刚好看到那本杂志的介绍,受它的蛊惑,才想着离开一阵子……好了,短时间内,我不会再走了。"

"这就是你。我后来一下就想通了。一直没有怀疑过,只要你回来,就一定能找到这儿来。"

"我本来是要来找林骆恩的。走之前,他把店址告诉我了。只是没想到,'左脑孤单'变成了'土星',而在这里见到的是你,他呢,这次轮到他失踪了?"

"他把店盘给我,和纪云端一起出国了。"

"林骆恩这个笨蛋!他早晚会后悔的。不过我还是佩服他的勇气。'土星'这个名字真土—— 对了,你请店员不?我来给你打工。"

"你还是去画画和写东西吧,我不缺店员。"

"不缺也得缺,我就要来做店员,又可以每天听很多很多唱片了。"

"可是……"

"可是什么?就这么定吧,我明天开始上班,你不要摆出一副资本家的嘴脸,我可是熟手女工,你要给我多发点儿工资,奖金嘛,多多益善。"

牟鱼摇摇头,但他知道自己无法拒绝叶瞳的请求。他把煮好的咖啡递给她。

"真好喝!这一定是我喝过的最好的咖啡。"

"那是因为你从来不喝咖啡。"

叶瞳哈哈大笑,她坐在沙发上,从背包里掏出顾若纪送她的《圣经》。在坐车回风城的路上，她开始看这本书。这时，她翻到上次还没看完的章节，创世记，第四十一章，约瑟解法老的梦。

我梦见我站在河边，有七只母牛从河里上来，又肥壮又美好，在芦荻中吃草，随后又有七只母牛从河里上来，又软弱又丑陋又干瘦，在埃及遍地，我没有见过这样不好的。这又干瘦又丑陋的母牛，吃尽了那以先的七只肥母牛。我又梦着一棵麦子，长了七个穗子，又饱满又佳美。随后又长出七个穗子，枯槁细弱，被东风吹焦了。这些细弱的穗子，吞了那七个佳美的穗子……

这是法老所做的梦，梦中的母牛与穗子各有所指，预示丰年与荒年的交替。而叶瞳也做过类似的梦，只是换了场景，换了人物。她老梦见蛇，七条或者更多的蛇，互相缠绕，互相侵犯，互相吞噬。又会梦见罂粟，长着腿走路的罂粟，一大片的花，一瓣一瓣，互相吸引，互相伤害，互相蚕食。最后，都要归于黑暗。再无其他。

"对了，牟鱼，你最近做过什么奇怪的梦吗？我最近在收集各种有意思的梦。"

"有一阵子，我几乎每天晚上都做梦，都异常怪诞，我还专门在床头放了本子和笔，早上醒过来就把这些梦记下来，可是没有坚持多久。最近偶尔还是会做一些古怪的梦。半梦半醒之间，会再回想一遍，但彻底清醒之后，却又忘记得一干二净。"

"比如呢？"

"比如你将要听到的这一个。"

公司破天荒接下了一个婚礼策划案，老板亲自带领几位公司同事一起去执行。婚礼在一个小镇上举行，选定了一个位置很偏僻的教堂。那个小镇和教堂都似曾相识。老板开车载着我们前行，路边种有很多茂盛的大树，后来路越走越窄，最后只能把车子泊在路边，步行到教堂。教堂很小，光线明亮。期间，需要把婚礼中必须用到的一个十字架从别处取回来，一个在教堂做事的老头儿招呼我跟着他走。

我一直看不清楚这个老头儿的脸，他一路上很沉默，无声无息地往前走，脚步很轻，走得很慢。一直去到一间极其破旧的房子。老头儿推开门，走进去，一闪身不见了。房子里有很多个空房间。光线都很暗淡，我摸索着，一一亮起了灯。

那个十字架并没有放在显眼的地方，我找了很久，一无所获，心里很焦急。这个房子愈发地显得神秘。我只想尽快找到那个十字架。老头儿的消失让我感觉蹊跷，直觉告诉我此地不宜久留。这念头如此强烈，让我决定放弃寻找。我想关掉这间房子的灯，可是没有一盏灯在我按下按钮之后会熄灭。我不停重复着这个动作，直到无穷的恐惧袭来。

我落荒而逃，在路上我忽然看到一个人迎面而来，我同样看不清楚他的脸。他走到与我并肩的位置，跟我说，不要再靠近这个房子，最好赶快远离它。因为每间房子里都住着一个看不见的鬼魂，如果你在这儿待得太久，它们就会跳入你的衣兜或领口，跟随着你一起离开。你要往前走，不远处有个渡口，只要你上了那艘渡轮，你就平安无事。但是你一定要记住，不要往后看，也不要东张西望。在渡口，会有很多人，包括那个带你来此地的老头儿，可他亦是不可信的。他戴上了面具，混迹在人潮中，随时会将你推向深渊。所以你要心无旁骛，不停往前走。

又走了一段路，并非来时走过的路。果然，我看到不少人在急匆匆赶路。我心有不甘，潜意识中依然在寻找着什么，但又一无所获。我并不惧怕堕入深渊，但也不想节外生枝，所以我听信了那个人的话，一直没有回头，直到我再次看到了那座被树影掩映着的教堂。

梦是在惆怅和悬疑中醒来的，牟鱼一直对那间房子里关不掉的灯盏无法释怀。

"到底这样的意象，是在向我传达一个怎样的信息呢？叶瞳，你以为这个梦有什么隐喻？"牟鱼看了一眼身体陷进了沙发一脸慵懒的叶瞳。

"也许顾若纪能够为你解梦。而我充其量只能把你的梦记下来，留待日后成为你的小说素材。牟鱼，你以后记得把自己做过的梦一个个记下来，它们都是充满启示的。顾若纪说，梦是生活的另一面，或者，它们根本就是生活本身。"叶瞳说。

"有一段时间，生活很踏实，很少做梦，反而有些不习惯了。你呢，最近做过怎样的梦？"

"自从离开风城，我就很少做梦了。尤其是跟顾若纪在一起的几个月。我们每天睡觉前，说很多的话，其中一个人说着说着，另一个人就睡过去了。睁开眼，已经天亮，什么梦也没有做过。也许有，却没有留下记忆。这一次离开，是被一场梦所勾引。那阵子，很喜欢在画里用到黄色，很厚很稠的黄。不知道是不是这个缘故，晚上就开始梦见葵花。梦见自己赤着脚，走进葵花地里，身体有一种前所未有的轻盈。我并没有看那些开得繁盛的葵花，而是一直往前走，突然觉得自己来过此地，似曾相识。我努力思索到底身在何处，但终究只是茫然。醒来以后，就在速写本里乱画一气，试图记住一些东西。"

"所以，你是为了一场梦而走的，回来的时候，就开始收集别人的梦境了。"

叶瞳继续往下说："这次是凑巧。我坐的长途客车在一个清早经过一个小村落时，忽然出了故障。在等车修好的时候，我百无聊赖，便把周围逛了个遍。结果，就见到了那片隐藏在几幢青墙屋子背后的向日葵地，似乎是梦里曾经出现的地方。四周空无一人，被薄雾笼罩的葵花地，没有一点声音。只有当风吹过，把葵花叶子吹出一种细碎的声音，很寂静。我本来是特意要去一个村庄看向日葵，却在半路，偶遇另一片葵花地。"

最初，对向日葵的喜欢，完全是受姥姥的影响。在我小时候，姥姥分别在朝南的院子和阳台种了很多植物。她总是在清晨，弯着腰，逐一拔掉一夜之间冒出来的杂草。她不喜欢施肥，认为化肥无益，她会到离家不远、我跟她一起采摘艾草的小山坡上挖一些泥土回来，她说那里的泥土最肥沃。事实上，她种的花草，叶子都很肥厚翠绿，开花的植物，花期也都特别长。在她种的植物里头，就有向日葵。向日葵的种子，是从一个挑着竹扁担过路的阿叔那买回来的。与姥姥年纪相仿面容憨厚的阿叔，是个哑巴，他只卖刚刚采摘下来的葵花盘。每次他出现，就会有一群小孩围着他转。他会从口兜里掏出一些糖果分给他们。大人们对所有路过的人心存戒防，唯有他获得了信任，任由自家的孩子与他亲近。也许是因为知道他是哑巴，不会用任何好听油滑的话骗人。

每次他来，还没走得太近，在阳台弯着腰为花草忙碌着的姥姥，就会拖起我的手，一起下楼，去买他的葵花盘。他每次都会把缀结着最饱满的瓜子的葵花盘留给姥姥。姥姥把瓜子炒熟之后，拿去分给邻居的孩子们吃，只留下很少的一些，作为种子，种到院子去。每次阿叔离开的时候，姥姥都会塞给他一些春天时腌好的咸肉。阿叔也不拒绝，把仔细包好在一层层油纸里的腊肉，藏在箩筐的深处。

从小到大，姥姥对人的好，我都看在眼里。后来，她种的葵花结了籽儿，还专门留了一口袋炒过的瓜子，等那个阿叔再次经过的时候拿给他。可是那个阿叔后来就再也没有来过了。我亲眼看到姥姥把那一口袋的瓜子，藏进一个小陶罐里，用蜡封了口，再也没有拿出来过——这只是那个夏天的一段小插曲。但自此以后，每年春天，姥姥都要在院子里种上几棵向日葵。向日葵开花，结出花盘，在金黄的花瓣全数凋谢以后，就开始结籽儿。

每年夏天刚过，我就能吃到饱满的葵花瓜子。姥姥在炒瓜子的时候，在里头放了几种气味清新的香草，味道跟别处吃到的完全不同。只要你吃过一把，就再也不会对超市里出售的葵花瓜子感兴趣了。

"叶瞳，姥姥有没有跟你讲起过她年轻时的事？"牟鱼问。

叶瞳想了想，摇头。

"印象中，家里的长辈都不是善于言辞的人，话很少。"

"这次你回去，感觉跟以往有什么不同吗？"

"姥姥生病，我陪在她身边，照顾她，给她煮粥，陪她在院子里看夕阳。过往，都是她在照顾家里人，她自己似乎很少需要照顾，即使生病，也都是自己偷偷地吃药，从来不让人有所担忧。而我，从来没有过这样照顾一个人的经历，这次学会了。"

咖啡在过滤器中，散发出幽幽的香气，此时，颇似一个传奇女作家笔下的那一炉沉香屑："沉香屑点完了，我的故事也该完了。"咖啡与沉香屑，又有什么不同呢？

在牟鱼正走神的时候，仿佛听到叶瞳在说：

"……好吧，我现在来还那个一直欠你的故事。这是顾若纪给我说起的故事。但你一定不要对号入座，它仅仅是一个故事。"

男人的鹦鹉

女孩推门进来的时候，男人A正一个人闷头抽烟。

屋檐滴水。这个城市就像一个巨大的漏斗。雨已经持续下了一个星期。男人抽烟，一根接一根。莫名其妙地感到烦躁。这样的烦躁，已经持续了很久。

整个雨季，男人无所事事，只等着女孩的出现。她的出现，是一束照亮黑暗的光。

每次，女孩走进来之后，总是坐在临窗的木椅上。被雨淋成一绺一绺的头发，遮住了她半张脸。光线昏暗，在石灰刷过的粉墙映衬下，男人觉得她没有被湿发遮住的半张脸上，有着难以辨认的忧伤。男人试图走近她，用手拨开她的头发，把她看清楚。但这只是一刹那的念头。他很快把自己控制住。

女孩把窗帘拉上，一声不响地把自己身上紧裹着的湿衣服逐一脱掉，继而，侧躺在男人的木板床上，背对着他。软弱而光滑的身体，在黑暗中闪烁的身体，屋子里的光线由始至终地晦暗。

雨停了，女孩穿好衣服，一声不响地走掉。空气里、床单上，她身上散发的百合花香萦绕不散。第一次，他和她，什么也没有发生。

而此时，床是空的。

屋檐下，挂着一个鸟笼，一只鹦鹉在里面焦灼地跳上跳下。它兴许只需要一丁点儿鸟食的安慰，就能很快安静下来。

看着烟雾从自己的嘴边腾起，然后散去，再闭起眼睛，想念她的身体，有时候，会不由自主地发出轻微的低吟。

女孩从来没有跟他说过一句话。她就像一个幻觉，一旦清醒就消失。他也不试图去做更确切的触摸。在她转身走出小屋，在飘摇的雾气中越走越远的时候，他也不去挽留。仿佛从来没有发生过什么，或者发生的一切都显得遥远。

男人记得她第二次走进小屋，外面也是飘泼的雨，她是来避雨的。也许，她以为这是一间空置在铁路边的小屋，没想过会有人，并且，是个血气方刚的男人。

男人没有亮灯，手中一明一暗的烟火，让她看见了他。

她似是而非地看着男人，却并没有惊诧。视若无睹地把衬衣的纽扣一粒一粒解开，把裙子褪下。

男人将烟蒂狠狠地在墙上摁灭。

"我拿干衣服给你换上吧。"男人说，声音稍微带着点儿急促。

她一步一步向男人走过来。然后，把他抱紧，微微用力。

……

她开始吻他的脖子，嘴唇很干，冰凉。她的体温透过他的单衣，他的身体微微颤抖。

男人被突如其来的温存弄得手足无措。与此同时，他感觉到自己的身体深处有一股无法抑制的灼流如狂乱的小蛇在身体里快速游动。她的湿发遮住了半张脸，也覆盖了他的胸膛。他攒足全身力气，使劲要把她推开。可是，手臂居然不听使唤。

欲望在黑暗中一往无前。

完事后，她穿起自己的湿衣服，推门而出。像一只轻盈的蝴蝶，展了展翅膀，带着一道亮光，飞得很远。

光芒顷刻消失。男人怀着肉体欣悦后的失落感，打开灯，床单洁白，仿佛一切仍是幻觉。

后来，在一些不可预料的时刻里，女孩一次次潜入男人的小屋。男人不能自制地和她做爱。不止一次试图拒绝，可是每一次，他的力气都被她的抚摸软化，每一次，清醒过后，都怀着深深的罪恶感。理智与冲动被欲望撕成两半，愉悦和迷惘纠缠不清。他尝试过跟她说话，可是，她从不搭腔。她不是哑巴，只是不说话。

女孩走后，男人总是赖在床上不愿起来。她还会不会来？她再也不会来了——每一次，他都会这样想。可是，在他几近忘记她的时候，她又会来，带着若有若无的百合花香。但男人有时候会怀疑，这香气只是出自幻想，可他又很清晰地记得，在离铁路不远的一个小公园里，总是开满了白色的百合花。

男人B经常在半夜醒来，在床上，无论保持怎样的姿势，都觉得不妥。最后只好起床到阳台抽烟，他并无烟瘾，但抽烟已经成为一种习惯，也是半夜唯一可做的事情。他喜欢俯瞰，十八楼以下的城市，依然闪烁着灯火。这个高度，隔绝了很多的声音，人，一旦到了一定的年纪，四十岁，或更年长一些，听觉似不比从前，但对声音的敏感更胜于年少，哪怕只是风吹草动式的细微声响，都会造成干扰。这是他当时把房子买在这个楼层的最大原因。

已经有很多个夜晚，他会想起继女小静。有一天，她给他留了封信，信中说道，她要回到母亲的故乡，重新开始自己的生活。他在与她数年的相处中，已经明悉她性情中的倔犟，知道即使努力挽留，亦会无功而返。他只是感到惋惜——她其实不必急于结束自己的学业。自从妻子病故，她所传达出的隐隐约约的情意，让他愈发不安。这种不安有时候会让他感到恐惧。她长得越来越像她的母亲，那个他深爱多年却命薄如纸的女人。

到学校替她办理退学手续时，班主任说，小静的才气在班里的学生中始终出类拔萃，有很多门学科的成绩都是这届中文系里最好的。可是，他几乎没看见她很认真地翻过书。她的散文写得清澈淡定，也写小说，却又是另一种风格，意识流，充满荒诞幻想。

班主任又说，小静写过一篇小说，写的是一个女学生偷偷爱慕她的继父，两个人相安无事，界限分明，但每天都是一种煎熬。

男人B微微地吃了一惊，却只是对老师淡然一笑，故作镇静。转身告辞。

　　小静执意辍学，有一天，突然一个人带着一只行李箱离去了，彼时男人B正在公司处理着一大堆文件，心里有莫名的烦躁，回家时，已是空空的房间。她转眼离开了半年，他开始失眠，甚至又开始抽起了戒掉很久的烟。

　　夜风越来越大，他转身走回房里。微弱的灯光映照出他脸部的轮廓，是成熟男人的脸，有读不透的经历，皱纹爬过了眼角，咫尺间，已是千山万水。一切恰好，并不显得生硬与苍老。

　　大雨滂沱。

　　从小到大，男孩对下雨天有着不可名状的恐惧。他把房间的窗帘关得很严，不留一条缝隙，可是依然无法消除恐惧。暂时看不见的下雨天，始终无法从意识中驱走。

　　他曾经在很长一段时间反反复复做一个梦：站在一条看不到尽头、幽静无比的路上，树木与草丛在路两旁高低相簇。一个女人的哭泣声从远处传来，嘶哑的声音无处着落，在半空悬浮着，像破裂的玻璃片一样零零碎碎。往前走，他终于看见了她。一头披肩的散发，白色的衣服上沾满了泥渍。她赤着脚，从他身边走过，逐渐走远。他又听到了若隐若现的火车汽笛声。一个男人，手里拿着一个空雀笼，拼命追赶开始启动的列车，他满身尘土、神色倦怠。最后，他挤上车去。当他在车厢里坐稳以后，却发现有个人正在站台上向他挥手告别，那个人，长着一张与自己一模一样的脸。

　　男孩常常被这样的梦惊醒，躺在床上，裹紧了被单。四周寂静，耳边只有无比厌恶的雨声。

他没亮灯，站在窗前，看雨水打在玻璃上，像蚯蚓扭动身体一样滑下来。对面离得很近的楼层窗台上，有盆仙人掌，这种并不喜欢雨水的热带植物，正被雨水肆无忌惮地侵略。

很想抽一支烟，但他还没有学会抽烟。从小，父母想方设法让他远离一切所谓劣习，他不过是他们手中上了发条的铁皮玩具。

男孩突然想起小静对他说过的一番话："一个抽烟的男人，一定要有好看的抽烟手势。用骨节分明的手指夹住一根烟，力度刚刚好；将烟放到嘴边，略微含着；点火，半张着嘴唇；烟圈慢慢扩散，模糊了人脸。烟雾里的人轻蹙着眉，若有所思，这样的表情，让人着迷。"

她这样说着，眼神里流动着一抹薄薄的烟雾。

男孩喜欢小静。全班的男生都喜欢小静。他们都不可自制地追逐她，像追逐一只无意中闯入视线的凤尾蛱蝶。每天放学，男生们抢着要送她回家，他们有时候为她大打出手，因她而起的斗殴事件越发频繁，而她却始终不为所动。

她是不可侵犯的。

他开始跟踪她。远远地尾随着她，坐公交车，走过了一条又一条小巷。有一次，他看见几个不久前被学校开除的男生，把她堵在一条小巷里，以粗野的动作将她拖走。她一直挣扎，激烈地挣扎。他藏在巷子的另一端，浑身颤抖。内心充满绝望，他如此明晰自己的懦弱。

她依然是不可侵犯的。

不久，她退学，从一场又一场充满血腥味的斗殴中出走。

他决定去找小静。他想，无论如何，他要告诉她，他喜欢她，愿意给她一切。

男孩在雨中行走，柔软的身体，就像这一场下个不停的绵绵阴雨。

女孩已很久没来。

男人A的小屋彻底地失去了她的气味。他看见小公园里的百合花已全部凋谢了。

除了上班和必要的外出，他都会待在小屋里，抽着烟，等她来。他期待她消失了很久、突如其来的温存。

男人A是个铁路维修工人，每天，提着锤子和扳手，在车厢与钢轨之间走来走去，敲敲打打，检查车厢的运行部件与零件是否受损，是否松动而引发故障。又或是坐在铁路边的值班室里，在汽笛声响起以前，将那道铁护栏收起，让列车顺利通行。

他很想摆脱这样的生活。

他在很长一段时间里，无法正视自己的失意。他考过大学，考的是建筑设计专业。以比录取分数线高出三十分的成绩考上了央城理工大学的建筑工程系。可是，爸妈务农，在开学报到前几天，还没有凑够第一笔要交的学费。家里因父亲生病已负债累累，没有其他办法可想。这个结果，其实在高考前早有预料，只是不到最后一刻，并不肯罢手，去考试，也不过是想最后一次证实自己的能力而已。但他终究还是认了命，打包了几件衣服，一个人离开家，来到这座城市。

在工厂打过几份流水工，都很短暂，直到成为铁路工人。平时很清闲，也不需要应付复杂的人事。还有时间，可以沉湎于一些胡思乱想。

无聊时，他开始用铁钳和一些铜线铁丝编造一些玩意。都是他的想象：童话里的城堡、两个人并排坐的马车、雕花双人床、抽烟的男人，最后，是那个总是湿漉漉、来历不明的神秘女孩。他突然发觉，她是意识中不能遗漏的存在。他甚至还没有看清楚她的样子，可是，触碰过的她身体的肌肤，在记忆里栩栩如生。想起她，已经不仅仅是一种单纯的欲念。她的出现，带着一种照见希望的光。可是，他留不住她，她像一直流浪了很久的猫，学会了躲藏与逃逸，没有人能够捕捉她。

一晃两个月过去了。她再也没有来过。

一切都消失了，包括那束照亮了黑暗的光。

男人A把一件件用铜线铁丝做的玩意，并排放于窗台。全都是做给她的。他知道，她一定会喜欢，如果，她还会来的话，他要为她做更多更多。鸟笼里的鹦鹉像男人一样无精打采，病恹恹地待着，一声不响。有一天，它飞进了他的小屋，就再也没有飞走，一直陪伴着他。每次列车经过的时候，它会将羽毛全部竖起来，不停地鸣叫，陷入一种极度紧张的状态中，分不清是恐惧还是兴奋。它在清晨脆亮的鸣叫，偶尔会带给他一些单纯的快乐。

他把手伸进鸟笼，轻轻地抚弄它的羽毛。摸摸自己的脸，发现已经湿了一片。

男人B决定再婚，和一个性情温淡的女人。她原是他的客户，生意场上的合作伙伴，一直默契无间。有很长一段时间，常常一起开会，会后一起用餐，但就算是一起吃饭，话题也总离不开工作，微妙的温情只是一刹那就失去，最后决定在一起，更多的是想彼此照顾。能够一起过日子，从来不是一件容易的事情，都是内心失了激情的人，反而不会太容易失望。

他偶尔会想念继女，但很少再失眠。她有时会给他写信，三言两语，交代生活的一切。他一直给她的银行账户汇钱，她告诉他，她拿这些钱开了家植物店，用心去经营它，逐渐开始自主独立。

男孩在小静家的小区入口向门卫打听她，不想放弃任何能够碰上她的偶然机会。可是，许多人都没听说过她，后来，终于有个她的邻居把她家地址告诉了他。但他只见着了她的继父，他说，她已经离开了这个城市，但他始终不肯透露她在另一个城市的地址。

就算找到她又能怎样？他由始至终只是她眼里一个从未形成影像的人。她依然是那只无法让人捕捉得到的凤尾蛱蝶，拍一拍翼，便消失不见。

男人A的等待，越发没有指望。那个一声不响的女孩，长久地留下过一室的百合花香，彻底从他的世界里消失。他想，也许，有一天，在离开了他的小屋以后，她踏上了某一趟远行的列车，一去不返。如同某一天，他的记忆会突然不小心走出了时间，并且固定下来。而身体，则在时间的推移下继续前进。

他收到了父亲的来信，催他回家，与一个他只见过两次面的女孩完婚。他没有要反对的打算，把工作辞掉了，很快就要踏上归途。他大概再也不会踏足这个城市。

那一件件铜线铁丝做的玩意，他只带走那个穿着棉质衣裙、来历不明的神秘女孩像，看似坚硬的金属线，温柔地缠绕着，空空的内里，反而显得丰满。其他的，送给同事作留念，这些不值一文的玩意儿，很快就会彻底成为一堆无用的废物。

他打开鸟笼，那只鹦鹉犹豫了一下，就快活地飞了出来。在他的屋子里盘旋了一圈，最后，停落在他的肩上，鸣叫了几声，这让他觉得空洞。他用手把它轻轻地握住，用另一只手，从头部开始抚摸它的羽毛，随后打开窗，伸出手臂，摊开了掌心。

鹦鹉又犹豫了一下，终于拍翼飞了起来。他从来没有看到过，它的飞翔，是第一次，也是最后一次。

雨季终于过去了。最后一场梅雨悄然而逝，空气不再湿润而充满霉味。没有一丝风。灼热的太阳照在人的脊背上，会产生一阵炽烈的痛感。路边叫不出名字的树，树叶开始疯狂地层层叠叠。铁轨和枕木在正午的阳光下，就像死亡那样肯定而真实。

一列列火车从远方驶来，留下空旷而清脆的震荡声。

月台上，每天都有人在互相告别。唯一无法相互告别的，是铁轨与列车。

时限已过。没有人乐意再提起那个女孩的事情。

有些故事，未到结局已下落不明。

男人A与其他旅客并没有什么不同。他把自己的往事像叠衣服一样叠进行李包里，在手里掂着，既不轻便又不沉重。藏身于一个车厢之中，在列车启动之后，再也不曾把它打开。

离铁路不远，有一所大学。围墙高不可攀。湿漉漉的墙泥正在渐渐枯干，一点点地剥落。男人曾经无比向往这里头的一切。但如今，他正以时速二百公里远离它。

木头的冬天

"叶瞳，顾若纪没有跟你一起回风城是对的。重新决定去往另一个地方生活，要舍弃很多，并要重新适应很多，而且也结束了原有的平静。你刚才讲的故事，不能不让人对号入座。如果顾若纪就是小静，我宁愿她继续保持现状，在没有人认识的地方，像一粒尘埃那样轻盈地生活着。"

"所以我并没有勉强她。顾若纪是不是小静，其实并不重要。就像我也不再执著于你真正的身份是牟鱼还是李炜。对了，你试过坐很久的车，去看望一个人吗？"

"有。唯一的一次。我去看望木头。但最终我并没有见到他。"

"哦？木头。我记得你跟我提起过这个名字。"

"是的，一个在网上认识了三年的朋友，我本来打算给他一个惊喜，临行前，并没有告诉他。但当我带着他留给我的地址，去到那个他所在的城市，他却已经离开。"

"这是真实的经历，而不是故事，对吧？"

"你打算我们一直这样说下去，无休无止的？"

"不然，还有更好的，打发这个下午的办法吗？我发现，风城冬春交替时的寒意最让人难受，多穿一些嫌热，少穿一些觉寒。我想起了姥姥最爱用的汤婆子，但与它相比，你的故事更加受用。"

那个冬天，与过往许多个冬天并无两样。我的手指一直生硬而冰凉地敲着键盘。键盘不停发出一种单调、孤寂而又抑扬顿挫的声音。木头一而再地告诫我，不要对任何事物产生依赖的情绪，这种情绪，会把人导向危险的去处。当这句话出现在电脑屏幕的时候，我的嘴角总是不由自主地上扬，对着电脑屏幕微笑。木头何尝不是跟我一样离不开键盘，让这种单调、孤寂而又抑扬顿挫的声音持续了整个冬天。

我从十五岁开始，一直生活在南方的一座小城。而木头生活在我一直觉得遥不可及的北方。有一年秋天，我一个人坐火车到荻城，途经木头所在的坞城。车窗外，是一片广袤得显得苍凉的土地。丰收过后，留下了萧飒的痕迹。玉米在地里留下被剥落的外壳和梗叶，眼前的景象对我造成一种诱惑，火车停站时我便有了下车的念想。刹那间的冲动像一束在风里摇曳的火花，很快就呈现出灰烬的颜色。火车继续起行，这座灰色的城市逐渐消失在我的回望中。

"牟鱼，你觉得咱俩会见面吗？"

"木头，在网上，我们不是天天见面？"

"我是指那种面对面站着能感受到对方呼吸的见面。"

"也许会的。"我一边敲字，一边感到渺茫。我们都不是那种轻易就可以离开一个地方，去过另一种生活的人。我喜欢光洁明亮简单随意的生活，而木头，始终沉溺在一个自我营建的到处布满陷阱的城池里无法自拔。木头是个同性恋者。刚认识不久，我就已经明了他的取向。木头问我介不介意，我说不介意。

照片里的木头瘦高瘦高，定格下来的总是忧郁的表情。木头迷恋那种身上有烟草气息、身材瘦削而面目俊朗的男人。他说，这样的男人，可以像抽烟一样，教人不知不觉地上瘾。

我那时并不抽烟，所以只能通过想象去明了他的心情和他所向往的男人模样。

"其实每个人都是一座城池，被宿命紧紧圈定，矗立在各自的位置岿然不动。因此，不要试图改变这个世界，一切都是徒劳……我们始终相互眺望，却始终无法逾越。"

这番话，反反复复地出现在木头的文字里。我无法视而不见。有一次，我回答：

"我不愿意做一座空空荡荡的城池，也许，做城池上一块青砖就好，与另一块青砖叠在一起，它们可以互相靠近，也不会厌弃彼此。"

这个冬天，我与木头一直这样维持着对话。有时候，木头会给我讲一些光怪陆离的故事，有时候，他会突然消失一段时间，再次出现的时候，他发过来的语句当中总是包含着沮丧。

"牟鱼，这个冬天，糟糕透了。我老是喝醉酒，醒来的时候发现自己一无所有，没有钱，没有爱人，没有希望。"

我对着电脑屏幕看着这样的句子，十指停在键盘上，很久很久，敲不出一个安慰的字。

漫长难挨的冬天。因为失业，木头的生活长期陷入一种不稳定的状态。他对这样的生活感到厌倦。消极，却无力改变现状，他便去网吧打发时间，上聊天室，用不同的名字与身份，潜入一些陌生人的世界，不动声色地应对寂寞的叫嚣。但更多的时候，他写作，在认识我之前，他把不少文字发在一些文学网站里，供人阅读。他习惯运用一种平静的笔调，书写生活里的种种暗涌，有时候，又像一个摇滚乐手，充满激情与愤怒，揭露生活中的种种残酷。

木头不可遏制地跟许多不相干的人发生关系，他把他们带到自己的住处，尤其是在寒冷的夜晚，他迷恋黑暗中的沉默和无止境的抚摸。两个人之间关乎肉体的撕扯，闭上眼睛就会晃动着裸露的肉体。就算一切都曾经激烈地存在过，清晨醒来时，始终孤单一人。

"他妈的，老子迟早要用刀把自己宰了。我不要单纯的性，偏偏狗屁的生活，除了性，什么都没有。"

有一次，木头在街上的公共电话亭给我打电话。街上很吵。木头的声音沙哑乏味，说着说着，就哽咽起来。

我只有沉默。有时，我想劈头盖脸地痛骂他一顿。但往往是欲言又止。

"有时候，我们要对自己残忍一点，不必过分纵容自己的哀怜。"

我用一个女作家的话来劝慰他。

"牟鱼，我常常想离开这个城市，远走高飞，去一个从未去过的地方重新开始。"

"你可以去任何一个你想去的地方，但是不能继续过现在这样的生活。木头，我要去上课了，天气冷，你多穿衣服，照顾好自己。不要胡思乱想。"

"牟鱼，多陪我一分钟好吗？什么话也不用说，只让我听到你的呼吸声。"

我站在自己十九楼公寓的窗边,窗全开了,风很大,我知道,木头能听见的,一定只有呼啸的风声。

每个周六和周日下午,我去给正念初二的谢仲珩补习语文与英文。谢仲珩是个满脑子古怪念头的孩子,尽管学习成绩一塌糊涂,可是,丝毫无损我对他的宠爱。有时候,他能够不动声色地看出我的疲惫或者不快乐。这个眼睛清澈得似乎能够洞悉一切的孩子,注定无法像其他孩子一样,按部就班地上学放学,温书考试。他告诉我,他在学校上课没有一刻钟能够集中精神听老师讲课,有时候窗外一只偶尔飞过的鸟就能让他轻易走神,有时候,甚至只是老师在教室里走动的脚步声,就足以让他发呆好一阵子。可是,他告诉我,他喜欢听我讲课。

我会在正式讲课之前,给他播一段音乐,爱尔兰风笛或竖琴。会在课上,突然给他来一段松弛脸部神经的笑话。给他看怀斯的蛋彩画与梵·高的向日葵。会跟他写一篇同题的作文,哼一段煽情的英文歌。

有时候,我会突发奇想地把课堂转移到室外,希望能够通过课本以外的其他途径,给他一些启发。

印象中最深刻的一次,我带谢仲珩去一个距离风城约十公里的小镇。我在这里度过了十岁以前的时光。带他去郊外的一片田野。农民们在埋头耕作,水牛始终缄默不语地走路。一望无际的油菜花,从脚边一直蔓延开来,满眼的翠绿,满眼的黄。我一直注意着他表情的变化。

面前这样的景象,分明给这个从未离开城市半步的孩子带来无可比拟的震撼。

　　沿着田埂一直走，会看见铁路。铁轨一直向未知的远处伸展，两旁筑起了防护网，有鲜艳得要滴出汁液的夹竹桃正妖娆地盛开。

　　沿着铁轨一直走。

　　"牟鱼，你喜欢坐火车吗？有没有试过坐很长时间的火车去一个地方？"谢仲珩从来都是直呼其名，从不以"老师"相称。

　　"我曾经坐过二十八个小时的火车去看望一个朋友。"

　　"嘿嘿，一定是去看女朋友。"

　　"小孩不能过问大人的事情，再多嘴，回去罚抄两个本子的单词。"我故作严肃，板起脸说。

　　"我才不怕呢，哈哈。"

　　谢仲珩一边说，一边拔腿就跑。

　　"小心，别跌倒。"

　　看着谢仲珩奔跑着的身影，感觉异常熟悉。

　　在我六岁或者更小的时候，父母的工作都很忙，我被寄养到姑丈家。从这段日子里，我找到了与父母之间的淡漠关系的依据。在姑丈姑妈以及表姐表哥的眼里，我是一个孤僻古怪的小孩。我确实不是一个讨人喜欢的孩子，尽管我的学习成绩出众。父母一个月只来看我一次，会塞给我大把的零食和塞给姑丈大把的钱。

　　姑丈的家，在铁路边一幢古旧的建筑里，火车驶过的时候，总有一些灰尘从天花板上簌簌地往下掉，我一直想不明白，何以总有掉不完的灰尘。我刚来这里的时候，只要听到汽笛声，就会忙不迭地搬来一张凳子，趴在窗台上看突然驶近的火车。一天三到四列的火车。我会定定地看着，目送火车消失。偶尔，还看见树上的几只乌鸦被火车笛声所惊动，扑棱棱飞起来。我这样的举动只维持了一个月,就被姑妈发现了。为避免我从窗台掉下去,她和姑丈两人,为这扇窗架了一道铁网。于是,我眼中有关火车的完整影像就这样被纵横交错的铁网所阻隔。

后来,我开始上学,跟表哥表姐背着书包,沿着铁路走路去学校。放学的时间,会有火车经过,我总是会跟随着那列火车一直奔跑,直到跑累了,才肯停下来。为这事,表姐表哥没少向大人告状。后来有一次,我无意中听到姑妈给爸爸打电话,这个看上去总是和颜悦色的姑妈,其实是极不喜欢我留在她家的。她说的话我听得很清楚。"弟,你家的孩子,我看我是没办法给你看管的,我老担心他有天会迎着火车撞过去,这样的事情在我们这没少发生。若有那么一天,他发生什么意外,我怎么向你交代呢?"

除了上学,我的大部分时间就是待在那幢破旧的建筑里,跟一只老得快走不动的猫玩耍,要么,就是翻弄那些已被表姐表哥翻得很破旧的书籍,绘图本的《一千零一夜》或《安徒生童话》。我学会了跟里面的精灵和小锡兵对话。

"你喜欢火车么?尾巴很长很长的火车,他们都叫它火车。可是,我没有看见过哪里有火。车上,有很多很多的窗口,可以看见很多人。可是,他们从来不跟我说话,他们有可能都是哑巴……"

有一天放学,天下起了很大的雨。表哥和表姐不约而同被罚留堂。我好不容易有了一个独自走回住处的机会,我撑着伞,背着书包一个人往回走。

天很灰。从这路上经过的人很少。

一个人往前走,甭提有多高兴了,雨点打在伞上的时候,发出悦耳的声响。但布鞋沾上了泥,走起来很吃力。

火车的笛声从远方响起来的时候,我倒数着,看火车迎面驶来。

火车真的来了,我很近距离地看到那一节又一节的车厢飞速地过去。忽然,耳边响起了急速的脚步声。我回头,看着不远处,铁轨的另一端,两个手牵着手的人向这边跑过来。

是两个年轻男人。我看着他们向铁轨奔去……

火车驶过。

我一松手,雨伞跌落在地上,雨劈头盖脸而下。

他们就这样携着手,从容不迫地迎向快速驶来的火车。这个情景在许多年之后,依然历历在目。火车能给我带来的兴奋,从此画上了句号。

"啊——"

不远处,谢仲珩在叫喊。隔着防护网,对着驶过的火车叫喊。

一段记忆,在他的叫喊中抵达尾声。

"啊——"

我也跟着谢仲珩喊了起来。

之后,我还带谢仲珩去过一些地方:我待过一段日子的小镇,能够发现野猫出没的荒废庭园,人来人往的月台或壅塞的地下隧道,一个能买到用花花绿绿的玻璃糖纸包裹着糖果的店铺。许多让我们流连忘返的地方,往往是现实中被忽略的,素昧平生的存在,在很多次擦身而过之后,偶尔遇上,曾经停留的世界豁然开朗,从这样的地方,我们看到了原属于生活的有趣。

我在这个冬季，很强烈地意识到，人与人之间关系的脆弱。无论是跟木头还是谢仲珩之间，都一直存在某种无法改变的隐患。就像这个下午，我要去给谢仲珩上最后一组课，自此，我俩的师生关系将画上句号。他马上要升初三，面临中考升学，他妈妈的焦急日渐浮在脸上，她肯定我给她儿子带来的转变，可是作为一个家长，她更注重孩子的成绩以后是否能够考上理想的中学。

我在半个月前提出了辞职。我觉得这对谢仲珩来说，有点残忍。可是，我已经尽了最大的努力。

"为什么我认识的那些人都是说来就来，说走就走，从不留恋？难道我就如此不堪？"木头问。

"你太容易投入。不是每个人都那么容易动感情的。你碰见的人，也许贪图的不过是发泄出来的满足。"我回答。

"所以，我根本就是咎由自取。"

"不要太自责。"

"我始终不能学会，像你一样克制地生活，我常常放纵自己，不理后果，所以常常把自己逼到一个退无可退的位置。有时候我真受够了这样的生活，但到最后，这样的处境总是一次次重现。我对自己的生活，没有一点把握。"

"最近，你有写新的文字吗？觉得低落的时候，就多写点东西吧，努力让自己充实起来。"

"我觉得自己只懂得一味无病呻吟，写出来的文字千篇一律，毫无价值。我曾经尝试要写一篇小说，讲述两个男人的友情，他们天各一方，虽然生活经历完全不同，但他们总是会不断鼓励对方努力走出充满阴影的生活，希望对方活得更好……我想离开这个城市之前，把这篇小说写完送给你，却迟迟没有动笔。"

"木头，要改变自己的生活，需要付出很多。你不要继续与太多的陌生人纠缠，这是一种危险的关系，快让那些只想跟你做爱的人统统滚蛋。"

"我们不说这些了。来，给我唱首歌吧。唱首你喜欢的歌，听起来温暖一点的。我这里又开始下雪了，我为什么总是觉得自己满头满身的寒冷？"

"南方，已经开始慢慢暖起来了。我唱得不好，你千万别取笑我……"

> 还记得当天旅馆的门牌
> 还留住笑着离开的神态
> 当天整个城市那样轻快
> 沿路一起走半里长街
> 还记得街灯照出一脸黄
> 还燃亮那份微温的便当
> 剪影的你轮廓太好看
> 凝住眼泪才敢细看……

这是不多的、我可以记住的一段歌词，我一直觉得，这是一首很适合冬天的歌。

　　"木头，你还在吗？喂？"

　　"我在。我还在。在你之前，有另外一个人，给我唱过这首歌。"

　　"谁？"

　　"余力。"

　　木头曾经不止一次跟我提起过这个名字，他一旦对某个人产生了好感，便会一直把他的名字挂在嘴边。

　　"有谁要跟我一起去喝酒？"

　　木头有一次在一个聊天室里向一大堆陌生人放话。

　　很快就有人给他留联系电话。

　　与此同时，他在网上跟我说话，告诉我他准备去喝酒。

　　"如果不想再受无谓的打击，就不要去，好吗？"

　　"只是喝酒，仅此而已。放心吧。我答应你，除了喝酒，什么也不会发生。"

　　最后，木头固执地约了一个叫余力的男人见面。走出网吧的时候，他仰起脸，看见天是灰色的，他从来没有在夜里，这么仔细地去看天空。大片大片的灰，无边无垠。有风顺着他的领口灌进脖子。他打了个寒战，裹紧了外套。又开始下雨，薄薄细细的雨，夹带着雪花，落在他的头发和脸上，风一吹就散了。

　　每次木头要跟一个陌生人见面，都会约在一家名叫"终点"的酒吧。这里的啤酒很便宜，即使喝到烂醉，也只需花很少的钱。

　　难得地，余力是个英俊的男人，表情带着几分羞涩和拘谨。两个人，隔着几瓶啤酒,偶尔对望,都不说话。

后来,木头打破了沉默。

"你经常和陌生人见面吗?"

"不。"

"那你为什么要来见我?"

"因为我跟你一样,也需要找个陌生人陪着喝酒。"

"你有男朋友吗?"

"没有。"

余力的话显得心不在焉,他用力地吸烟,然后,一个漂亮的弹指,把烟头抛得老远。

木头不动声色地看在眼里,对这个陌生男人已有了几分好感,可是并不表露。

"你试过喝醉没?"

"除非故意要把自己灌醉。"

"那么,你把我灌醉,然后送我回家。"

"你家在哪?"

木头掏出笔和纸,认真地给余力写下他住处的地址。其实那算不上是他的家,是他以每月八百元租金租下的房子。

"你确定自己今晚一定会醉吗?"

"是的。"

"可我并不善于把醉酒的人带回家。"

"什么德行!我们还没开始喝,就已经在谈论醉了!来,我们喝酒!"

离开酒吧的时候，木头果然有了几分醉意。

在几个小时的短暂相处中，木头对余力的感觉已经产生了微妙的变化，他拥有让他动心的表情和抽烟的手势，还有他喜欢的低沉浑厚的嗓音，可他仍旧对这个男人一无所知。

他们并肩走在行人稀少的街道上。木头好不容易因为酒精而暖起来了的手，又变得异常冰冷。他的身上只套了一件手织的毛衣和单薄的风衣。他希望，余力能够伸出手来握住他的手，哪怕只是短短的几秒钟。

在离木头住处不远的一个路口拐弯处，余力转过脸去跟木头说再见。

木头觉得自己才刚涌起的幻想，顷刻被终止。他低着头往前走。走了几步，余力突然喊他。

"喂，你还认得回家的路吗？"

"认得。"

"我多陪你走一段吧。"

木头的眼里突然又闪烁出了光。

另一个路口的转弯处。余力突然用一种不知道哪里的方言，唱起了歌。他听不懂歌词，但觉得很好听。

在歌声之中，余力转身而去。木头目送着他一步一步远离，突然弯下身子，胃一阵痉挛，他蹲下身去，忍不住呕吐起来。

自此以后，木头经常一个人跑到"终点"酒吧喝酒，以为能够再碰见余力。他不明白自己为什么会对这个男人念念不忘。无非就是在一家破落的酒吧里相对着喝酒，然后，在寒冷的街上一起走过一段路，以及，他给他唱过一首他听不懂的歌。后来，有一天，他在一个商场的广播里听到了这首歌。再后来，知道这首歌叫《约定》。他还尝试学着唱，可发音总是不准。

有一天，几个朋友约他到一家酒吧喝酒，说是要给一个到外地打工的人饯行。

他从来没进过那个酒吧。对于他的收入来说，这个酒吧的消费实在不低。

酒吧里坐满了人，人声喧哗。有歌手在台上弹着吉他唱歌。声音很熟悉。是低沉浑厚的男声，很能压场。是余力。歌声里，没有过量的感情，只是一味地让人觉得伤感。

难怪歌唱得那么好，原来是个歌手呢。木头闷着头喝酒，一直没有说话。他们坐的桌子，在酒吧的一角，离舞台远远的。而他跟余力之间的距离，却似乎隔着重洋万山。

他离开酒吧，走到街上的电话亭给我打电话。后来，他要我给他唱歌。

然后，他听到了那首《约定》。他不会忘记，那天夜里，余力在跟他走回家的路上，唱起这首歌的情景。

南方的冬天过去了。我突然想起，已经有一个多月没在网上碰见木头了，也没有给他打电话。他曾经跟我说过要去读书，完成大学专科的课程。他还曾经问过我，愿不愿意陪他一个月的时间。我只能沉默以对，要让我把工作辞掉，远赴一个北方城市，读一个没有多大兴趣的课程，我确实做不到。

我把木头一篇叫《废墟》的小说推荐给在杂志社做编辑的朋友，希望他能够帮忙刊发。木头对此并没抱多少期望。他很固执地认定自己的文字赚不到稿费。

我很清楚地记得这篇小说的结尾。木头这样写他所在的城市和孕育在这个城市的情感：

窗外一座破旧的水库蓄满一池亮晃晃的水，有细碎的水流汩汩而动。不远处是一座座正在兴建的商业大楼，隔着水流隐隐听到水泥搅拌机的缓慢运转声音。点一支香烟，看烟雾在手指间缓慢轻散。这城市是片沙漠，而我们只是被风偶尔吹起的沙砾。

最终，这篇小说未能通过审编。朋友说，他们杂志的读者，不喜欢看这类调子颓废阴郁的文字。

南方的春季，雨下得漫无边际。一个窒闷、阴湿的清晨，我决定买张车票，起程去找木头。坐了二十八个小时的火车，抵达坞城，之后便去到木头留的地址。那是一间接近郊区的出租屋。我只看到了他的房东。一个脸上带着夜夜宿醉气息的中年男人。他用手指了指远方，说，他走了。

木头曾反反复复地提起，他要离开坞城，远走高飞，去一个从未去过的地方重新开始。如今，他真的离开了。有时候离开一个地方是极其容易的，仿佛只是离开家门去一个公园散了散步。

他消失在坞城将要融化的积雪之中，下落不明。

"很喜欢这个故事的结尾。可是如果我没有猜错，这绝不是这个故事真实的结局。"叶瞳若有所思。

"那你以为它还有什么可能性？"牟鱼问。

"这个故事的结尾一定很残酷。"叶瞳的语气很坚定，没有一丝的迟疑。

"木头，在他的住处，用刀把余力捅死了。这是他们认识不久以后的事。我去找他的时候，一切都已经完结。他用他的方式，从坞城消失。而我们终究没有谋面。"牟鱼突然觉得很伤感，他看了一眼门外，天色已经不知不觉地暗了下来。

第三章　流光

石头巷/除夕/被切除的粉瘤/天花板上的摇滚歌手

我们的生活，

说来说去，也只能是一些俗套的事。

石头巷

石头巷马上要拆了。

牟鱼最早是从林骆恩的口中获得这个消息，当时还心存侥幸，以为不过是空穴来风，但当他从家住石头巷的曹雨繁口中再次听到这个消息时，忽然就有了尘埃落定的伤感。

曹雨繁也许是唯一没有因为林骆恩的离开而放弃光顾唱片店的女孩。这大半年，她仍然是"土星"的常客，每次来总要买好几张唱片。这个女孩亦有一种出众的气质，笃定地认为在学校里虚度了太多时间，因而不顾家人的反对，选择在大四毕业前辍学。她每天晚上去几个自己喜欢的夜店打工，是风城里唯一一让人记得的女调酒师。她并不被传统束缚，所调制的鸡尾酒，大多自己去命名，都是好听的名字，诸如"星期三的流光"、"蜜糖罐的白日梦"等。她总是让人觉得日子就该像她那样过，充实、自如、丰满。有时候，她把刚烘焙好的巧克力饼干或自酿的葡萄酒拿到唱片店里，和牟鱼、叶瞳分享，一起坐在沙发上边喝酒边听唱片。

"石头巷马上要拆了。"

这天曹雨繁一个人喝掉了半瓶的葡萄酒，之后说出了这句让人惆怅的话，她在石头巷生活了二十多年，对这个将被拆毁的地方自有更深的感情。这个下午，不同于平日，牟鱼和叶瞳从曹雨繁的口中听到了有关石头巷最动人的一段故事。

蒋炎夕坐在高哲的对面。光束透过百叶窗投射在她的脸上，形成耐人寻味的光纹。随着时间的推移，光纹一直发生着微妙的变化。

高哲不动声色地看着这样的光影变化，奇异的心事在他心底不停地翻涌。眼睛盯着面前的咖啡杯，仿佛那杯咖啡的存在对他有着重要的意义。

他们一直没有说话，就这样面对面地坐着，已经坐了一个小时或者更长的时间。后来，蒋炎夕开始说话。

"昨天，你到底去哪了？我们一直找你，找了很久。"她的语气很平淡，似乎并没有要责怪的意思。

"我迷路了，在石头巷兜转了很久，一直走不出来。"

"你为什么会迷路呢？并且，还是在石头巷迷路？你以前不就住在石头巷么？"

"我也觉得奇怪，我确实对这条巷子很熟悉，可那天似乎有点不对劲。好像眼前有雾在流动，一重一重，眼前的一切骤然变得陌生了。"

"你后来是怎样走出来的？"

"天快黑了，我越走心越慌。左绕右转，才发现自己又走回大路上了。"

"哦？"

"炎夕，别再生我气了，好吗？"高哲一边说着，一边伸出右手，覆盖住蒋炎夕的左手。

蒋炎夕并不看他，轻轻把手抽回。

"那你告诉我，你衣兜里的那几朵杜鹃花如何得来？"

"杜鹃花？哦……在石头巷拐弯拐向草苜巷的位置，有一间空着的吉屋，门前，有一株很老的杜鹃花，开了满枝的花。那天的风很大，吹落了一地花瓣。我看那杜鹃开得姹紫嫣红的，就忍不住摘了两朵放进衣兜里……"

"果子告诉我，那天他亲眼看见你与一个女孩走进了一所民宅。进去了很久。"

"他分明在胡扯，光天化日，哪儿来的女孩？"

"你为什么不跟我坦白？我早就知道，你已经不喜欢我了。"

"你为什么要信果子的一面之词？你又不是不知道，他一直想乘虚而入……"

"可是我相信他。你最近一直就心不在焉，像被谁灌了迷魂药。我们分手吧。"

蒋炎夕扬长而去。高哲回想起那天的境况，越发觉得迷茫。那天，他的确迷路了，在似乎越走越长，永无尽头的石头巷里。

这一带的民居将要拆迁。居民逐渐往外迁徙，不久以后，这里将被夷为平地。假以时日，将从废墟中出现鳞次栉比的高楼大厦。这个城市正处于日新月异的当口，越来越多的古旧建筑被推倒，迅速被现代建筑物所取替。大家已对此感到麻木。

石头巷与草苴巷一带，原是一直受政府保护的清朝建筑群，却不知道从什么时候开始，迅速地颓败下来。许多人曾经慕名而来，而现在，只会失望而归。

那天，高哲迷失在巷子里，错过了与蒋炎夕、果子、俞牧嘉的聚会。辗辗转转，去到一个巷口，感到万分疲惫。看到一幢青石墙房子门口有一截石礅，于是坐下来休息。

午后的风很大，吹落了一地的杜鹃花。紫红色的杜鹃花瓣，薄如纸片，落了满身。高哲就这样坐着，后来，昏昏沉沉地睡着了。他做了个梦。

醒来的时候，许多细节已经模糊难辨。这时天色已晚。于是，他继续往前走。没多久，就发现自己走出了那条小巷。

而蒋炎夕听到果子说的版本是这样的：

那天，我见大家等高哲等得不耐烦，便跑去找他。我先是到他家按门铃按了好久都没有人应门，打他手机却一直关机，于是，只好返回咱们聚会的地点。那天真倒霉，我坐的公交车中途坏掉了，我看也不远，于是就想步行回来。途中，要绕过一片快要拆掉的弄巷。远远看见一个很像高哲的身影。我怕认错人，所以想走近一些再喊他。后来，在我快要赶上他的时候，他却突然加快步子，拐个弯，就不见了。

邪门得很。我居然迷路了。走来走去，发现自己还在原地打转。心里正发毛，突然又看见高哲，对，我可以肯定，那就是高哲。这回，不单只看见他，还看见一个与他并肩走着的女孩。他们挨得很近，一直往前走，并不说话。由于距离很远，我没看清楚她的样子，只记得她穿着裙摆坠地的白裙。后来，我亲眼看见他们进了一间屋子。

那间屋破旧不堪。我一直走到这屋子的门前，发现两扇朱漆剥落的木门紧闭着，我暗自奇怪，本想推门进去，但终究没有，在门外站着，等了许久，他们还是没有出来。担心大家等得焦急，我就离开那儿，急急忙忙地赶过来。我确定自己没认错人，那天，我看见的，一定是高哲，我都跟他认识那么久了，怎么还会认错呢？

四月五日，清明，一般有雨，霏霏细雨。后来高哲对这天产生了莫名的恐惧，他第一场认真投入的恋爱在这一天莫名其妙地走向终点了，只为了一段似是而非的找不到凭证的经历。

高哲决定在石头巷被拆掉之前，再去那一趟。

他又一次来到那幢墙头伸出了满枝杜鹃花的青石墙民宅，一个黑衣婆婆坐在他那天坐过的石磴上。她一头银发，满脸的皱纹如同旱地的裂痕。她的右手撑在拐杖上，微微地颤抖着，左手放在大腿上，没有丝毫的重量感。单薄的身躯隐隐透出戾气。

他站着看她。她对他的出现显得无动于衷。她的目光如此邈远，内里并无一物。

这样一位老态龙钟的老人，昔日，也许是这巷子里身段婀娜的美人。水红的旗袍包裹着丰腴的肢体，常年坐在青瓦高墙后的世界幻想着巷外的世界，与许多深锁在高墙大院中的千金小姐一样，度日如年，期盼有一天，能够走出深锁大门，手执纸扇，招惹匆匆过路的身穿青布长衫的男人的目光。奈何，她的一生尚未足以迈开三寸金莲走得很远，时间已带走一切。

她的容颜让他想起了去世了一年多的奶奶。那个直到去世的那天仍保持着温和笑容的老人，他曾经在许多个梦里，梦见过她。她总是一脸慈祥地看着他，然后，伸出瘦骨嶙峋却又异常温暖的手指抚摸他的头发。

他想走过去跟她说话，却又欲言又止。

他继续往前走。

在日暮时分，他重新走到大路上，他并没有遇见果子口里提及的那个女孩。连影儿也没有一个。

那天以后，高哲开始一天一天踏足石头巷。蒋炎夕与他分手以后一直没再找过他。本来与另外一个人共享的时光，突然就空白出来了，如此，他就有了足够的空闲。

他开始细数这巷里的屋子。一一辨认它们已锈迹斑斑的门牌号码。

想着这些屋子会在某一天突然全数消失，那些感伤情怀夹杂着莫名的惊惧全都涌了上来。

有时候，他会玩一个游戏。他站在巷口，闭着眼睛，然后，数着脚步往前走。拐弯。停留。再拐弯。刚开始的时候，他常常会因此而碰壁，碰落那些墙体将要剥落的石灰。到后来，他发现，自己真的可以闭着眼睛，顺着自己的脚步一直走，自如安稳了。

但更多时候，他会沉湎于对这个地方的想象之中，如同亲历其境。

零碎而沉厚的车辚，卖冰糖葫芦的小贩的叫卖声，这个巷子日间总会有这样的声音。还会有匆匆而过的人流，或低头疾走，或有一二个游手好闲的汉子四处张望，或有老人提着鸟笼，脚步沉稳地走过。

那时的石头巷，有大户人家的院落，在四月间，天井会开满杜鹃花，还有石榴树、槐树和银杏。也许还会有一个常常在院子里那棵百年银杏树下，看着院中央那口古井沉思的忧郁少年。他总是眉头紧锁，因为虚空的时日而滋生出的心绪久久氤氲不散。那口古井里的水清澈无比，却又深不见底。他想知道这安静的水底会不会隐藏着一条暗道，通向他想出走的方向。他已经厌倦了这种游手好闲的日子，总想某一天，可以挣脱出来。

这个少年在一个大家族里成长。他是这个家族里唯一的男丁，父母亲都溺爱他。父亲是做绸缎生意的，从南方贩来廉价的绸缎，以高价转卖给城里林立的绸缎庄，他在家的时间很短，因此，他们的关系是疏离的。少年翻阅很多已泛黄的书卷，以打发漫长的时光。他看《庄子》、《牡丹亭》和《石头记》。他的目光常常从书页中不自觉地抽离，停留在紧挨着他家大院的一幢青瓦高楼上，郁郁葱葱的葡萄藤盘根错节地附在墙壁上，那种纠缠让他感觉压抑。那墙上，有扇木窗始终紧闭着，从来没有打开过，可他的目光总是在上面来来回回。他一直希冀着，这扇窗会在哪天突然被一双纤细的手打开，继而，探出一张姣好的女子的脸。她会久久站在窗前凝望，最终，她的目光会落在他身上，与他四目相投。

接下来的日子，她穿不同的旗袍，把身体沐在窗前的夕霞中，有时候会端着青花茶杯喝茶，陈年的老君眉或上等的龙井。淡淡茶雾氤氲着她的脸，那影像愈发地生动起来……

高哲猜不透自己为什么突然生出满脑子的胡思乱想来，可是，通过无端的幻想，他发现自己对这个地方产生了前所未有的感情。

后来有一天，他又见到了那个穿黑色对襟衣服的婆婆。

婆婆突然出现在离他不远的巷口，沟壑纵横的脸上带着冷漠的笑意，她的眼眸深处有着浑浊的色泽。他看着她，她也看着他。这样的对峙在浊黄的暮色中久久地维持着，然后，她颤巍巍地转过身去，步履蹒跚地走动，乌黑的身影隐入远处。

他开始常常梦见这个婆婆。她总是从街角徐徐地走来，步履沉重。她的眼神总是一如既往地冷峻。他会满身大汗地惊醒，窗外的风吹拂得树木哗哗作响，这样的梦总是带给他无限的伤感。

后来，高哲终于记起了那天，他在那一截石磴上坐着，睡去之后所做的梦。

他梦见一个女孩。

她穿着淡白的对襟棉衫，衫上绣着大朵黄菊花。他一直看不清楚她的脸，只是感觉到她在笑。她笑吟吟地拿起一管箫，送到嘴边。顷刻，便有一丝轻婉的声音游离着流淌进了他的耳朵，那音乐说不出的柔和，如泓水般恣意蔓延着。他便如一条听懂了乐音的鱼，在水里一直游动，它感到寒冷，水似乎要结成冰了。许久，有一只柔软的手轻轻拍了他的肩头，继而恍惚停留在他的脸颊上轻轻抚着，产生出温暖而又柔软，说不尽的惬意感，如童年时妈妈的手为他擦干眼泪的手势。

斑驳的光线或是阴影在他面前摇晃不停。如此奇异的感觉，突如其来。而箫声随着白衣女子轻盈的步履逐渐远去。

他不由地站直身子，试图跟着她走。

经过了一条又一条光线暗淡的通道，眼前的雾越来越重。

他凭着感觉往前走，只能听见自己的脚步声。

雾散开。女子消逝无踪。

这个梦，延续了很长一段时间。梦中的空气是干净的，只是到处弥漫着烟雾。一片模糊的白浊色，不能够很清楚地看见远方的景象。

"高哲，你知道吗？蒋炎夕与果子在办理出国手续呢。"

有一天，俞牧嘉告诉高哲这样一个消息。

高哲和蒋炎夕、果子、俞牧嘉是同一所高中的学友，后来，又不约而同地考入戏剧学院的表演系。俞牧嘉喜欢高哲，而果子喜欢蒋炎夕，把果子已经和蒋炎夕在一起的消息告知高哲，俞牧嘉多少有点幸灾乐祸。

"替我祝福他们吧。"

高哲发现自己可以如此波澜不惊地应对。蒋炎夕、果子、俞牧嘉，还有他，仿佛是四堵墙。一堵墙与另一堵墙，交合于一个墙角，这样的墙，迅速变换着位置，组合，分离，组合，再分离，最后，终于轰然坍塌。

将近毕业。高哲开始筹备毕业创作。他想自导自演一场戏。这场戏不会太长，他想把这部戏的背景设于将要拆毁的石头巷。时间是过去的五十年或者更久。那时候，石头巷尚未出现颓败的痕迹。在衣着光鲜的居民眼底，它是一个充满暧昧的温情的地方，一些艳丽的故事突然浮起，明晰地上演着悲欢离合。

那是一个忧伤而含蓄的年代。主角就是那个在石榴树下长久沉思的忧郁少年,他一直等待着那扇隐藏在缠绕的葡萄藤之中的木窗悄然打开,然后,一个绝色女子在窗口探出脸来,给他遥远的注视。时光转眼即逝,他始终没有走出那个杜鹃开放的庭院,他始终在仰望那扇木窗,而它一直没有被谁打开过。

最后,这地方终于出现颓败的迹象,不可挽回地接近坍塌,继而被现代建筑所取替。

这场戏最后的一幕,会出现一大片废墟。

在一大片被推倒的青石屋的灰色废墟之上,搭建起一个舞台。布景华丽、色彩斑斓的舞台。一声铙钹骤然响起,紧接着,未经萦绕的锣鼓声急如疾雨般抵达耳膜。猩红的幕布徐徐拉开,花旦、丑角轮番上场,看官的眼前晃过数张粉脸、红脸、黑脸、花脸。身穿厚重戏袍的青衣,抬手踢腿、腾挪跳跃,绕场一周。戏袍中露出的绸缎玫瑰红衬里让人目眩神迷。耳边,是调子拖得很长,一咏三叹的唱腔,伴着胡琴幽咽……台下,并无人看戏。

初夏,高哲一直在石头巷附近徘徊流连,幻想一重一重,像墙上的石灰般剥落。

他又在那个石礅上看见那个婆婆。日光之下,她的形象显得越发衰老。

"现在几点钟?"

她突然对他说话了。

他看了看手表。是下午的四点四十分。

他如实告诉她。

她只是叹了一口气，不再说话了。似乎在一瞬间完全忘记了他的存在。

"婆婆，你能给我讲个故事吗？"

婆婆用混浊的眼神盯了他很久。爬满皱纹的脸上突然浮现出淡然的微笑。

他在婆婆的身边坐了下来。空气里充满了潮湿的气味，他闻到了墙角冒出的青苔气味。

婆婆的嘴角牵动了几下，却始终没有再说话。

他在静静地等待，尽管心里明白，所有从人的口中说出的故事，其实都比不上一直潜藏在心里面的每一个细节更为恻隐动人。

四月的最后一天，高哲决定用DV机把石头巷被夷为平地前的一切拍下来。

他希望能够再次看见那位婆婆，在她的目光中，找到已消逝的一大段年月。这里，已经成为一大片空寂的危楼群。难得再见到举止闲淡的居民在其间穿梭流连的身影，有的只是急匆匆过路的人，他们漫不经心，并不在意这个地方日后有着如何的变化。

他在这样一个了然于心的巷子里一直走着，拍下每一堵熟悉无比的墙，乃至墙上的一小片石灰。纵横交错的电线把天空切割得模糊无比。一些灰瓦屋檐上，长满了杂乱荒芜的野草。阳光下飞扬的尘粒。破败不堪的屋檐。伸着懒腰的胖猫。

他整日在这里游走，试图伸出双手，握紧从手指罅隙间散落的破碎残片。

他开始感到疑惑。这一次的行走跟以往是那样的不同。他似乎又迷路了。曾经熟悉无比的景况在一瞬间，变得无比陌生。

他突然发现自己再也找不到那间门前有一截石磴，两扇朱漆剥落的木门紧闭着的屋子，以及那株长得一人高的杜鹃花。

那个黑衣婆婆也没有出现。她不过就是固守着这个地方，不愿早早离它而去的守旧老人罢了。拗不过年轻一辈人的劝说，也随着他们收拾好行李离开。又或者，她在四月某个难得一现的阳光午后，坐在一截石磴上，做了一个关于年少的很长很长的梦，梦里，她离这个无比沉寂的地方越来越远，再也走不回来了。

他预感到不久以后的那一天的到来——他来到石头巷，目睹满目坍塌下来的围墙与屋檐。重型机器的噪音湮没了它曾几何时的沉寂。塔吊把天空分割得支离破碎。带着安全帽的工人在此间急速行走与动作。他们并不会有太多复杂的臆想，只是简单地把这个汗流浃背的过程看做生命中一场必经的辛勤劳作，付出体力，换来报酬，再换取一家老少知足的快乐。

四月，一个充满奇思异想的月份，就这样过去了。一直盘踞在高哲内心的忧伤，却依然紧紧追随着他。

"确切知道石头巷哪一天要拆吗？"牟鱼问曹雨繁。

"现在居民正逐渐往外迁。因为政府有补偿，大部分人都愿意配合，都安慰自己，这不过是一次比较彻底的搬家。只有小部分人，无论政府补偿多少钱，都不肯搬，宁愿生活在废墟之中，对于他们来说，把他们生了一辈子的居所拆迁，等于摧毁了他们的人生，没有别处可以取替这个住了半生的地方的感情。一条陌巷、许多人和事，不是设身处地，是难以理解的。"曹雨繁说。

"不会有太多人去理解不肯搬迁的人的心态。因为拆迁，许多人的人生迫着要被改变。很多房地产开发商对旧区进行新建，不会考虑保留这个地方原有的特色，只一心要改建成投资性商业项目来赚钱。若这地方已是危楼，市民根本无法继续在此居住，而为了改善大家的生活，修整楼宇结构，完善旧区的改建而令大家生活得更好，大家一定更易于接受。"叶瞳说。

"好了，拆就拆吧，日子还是得继续过下去。对了，后天就是除夕，不如我们来想想怎么过好这个农历新年吧。咱们在唱片店里玩个痛快。"曹雨繁提议道。

"好! 我们，一定要玩个痛快。"牟鱼和叶瞳不约而同地应道。

除夕

除夕。牟鱼很早就醒过来，在被窝里，听到阳台外的小鸟唧唧喳喳，比平日多了一番欢喜的劲儿，它们似乎也在过节。

以前有朋友说过，异乡人是没有除夕的，除夕只属于每个可以归家的人。已有很多年的除夕，牟鱼在外地独自度过，倒对此并不太在意。并不是只有和家人一起过的除夕才算除夕，独自上馆子吃年饭，大快朵颐，或在路边摊吃一碗面条，热腾腾地端上来，狼吞虎咽地吃下去，也是过节的一种，心里觉得痛快就好了，能与家人一起过节，不过是锦上添花。

小鸟的唧唧喳喳一直没停。

在家里的时候，除夕是属于妈妈与奶奶的节日，这天，她们从一大早就开始在厨房里忙得不可开交。中午吃过简单的午饭，奶奶就用前天劈好的木柴，煮开了一大锅的水，用来浸烫刚剖好的鸡。每年除夕的晚饭会出现不同的菜式，但"白斩鸡"从未缺席，这是橘城人过除夕的传统，会提前几天到农贸市集拣好一只自家饲养、皮薄肉嫩的土鸡，买回家中放置，以谷物喂养，待除夕一到，它便是饭桌上的主角。这道菜从来不依赖调味料的渗入而获得味道。剖好的鸡用沸水浸烫一遍，把握好时间与火候，除去鸡的腥味，再用冷水浸泡一遍，晾上一会儿，之后用快刀斩成小块，便可正式端上饭桌。

小时候，牟鱼总是对那只被刚磨好的利刀割开喉咙放血的鸡心存微弱的怜悯，在它扑打着翅膀倒下不再动弹之前，厨房不宜久留，但很快他便会把注意力转移到其他事情上。他会帮奶奶把煲汤的砂锅端放在燃起了火的煤炉上，然后看着她把各种洗净的汤料放进锅里，先是肉，继而是板栗、枸杞、淮山、泡发开的干香菇等。干香菇也是除夕必不可少的，几只被晒掉了所有水分的香菇重新在清水里慢慢地膨胀，变得饱满臃肿，这是一个奇妙的小戏法，他经常坐在一旁，一边帮妈妈择菜，一边兴致勃勃地打量着这个小把戏的上演。很多年之后，他才知道，香菇像雨伞一样撑开的部位叫"鳃瓣"，听起来有淡淡的诗意。而这煲由奶奶悉心准备的汤里，在细火慢炖的过程里，最先熬出味道的，正是这几只会变小戏法的香菇。

如今，过一个节日，最容易让牟鱼留下记忆的，仍旧是别人或自己亲自烹煮一顿饭菜，在厨房和手指上留下的各式气味。一些拥有特别名字的蔬菜，恰恰拥有让人难忘的气味，比如芫荽，比如茼蒿，比如马兰头。他曾经到农家的菜地里采摘过芫荽，用镰刀割下，它的气味，仿佛植入了手心，从菜地回家的路上一直挥之不去。这种在菜篮里抢尽风头的"香菜"，却始终无法摆脱作为配料点缀或提味使用的命。他还曾经看见过一大片望不见尽头的茼蒿花地，美不胜收，而茼蒿的花也有一种不易让人接受的香气，他始终感到疑惑，这样的香气如何能吸引到蜂蝶？

除夕，就是这样一个节日了，牟鱼仿佛又闻到了妈妈与奶奶手中流转着的蔬菜留下的各式气味。家里稍嫌窄小的厨房，总在这一天不早不晚地变成他心中的天堂。妈妈与奶奶，从来都不是语言累赘的女人，她们在厨房里的默契配合，是一出让人心醉的默剧，在和谐的动作中，完成了一个有着不可言说的温馨的节日。

牟鱼起床，拉开窗帘，便看见了阳光。窗外的树木被笼罩在光线里，闪烁着不同亮度的光。在他以后的记忆中，这年除夕也许是天气最暖和的一个除夕。

给父亲打电话。这是每年除夕都会去做的一件事情，如同一个仪式。仍是会告诉他一切安好，并答应下一年春节回家。最后，父亲叮嘱他，无论如何都要吃好年夜饭。其实，他也正在思索，该为大家准备一顿怎样的晚饭。前天已经跟叶瞳和曹雨繁约好，各自约上几个没有回家过年的好朋友，一起到他的住处吃饭。

很久没有在家里煞有介事地弄一顿饭，于是，一大早便把叶瞳叫上，一起到超市采购。一路上，叶瞳哼着歌，听起来心情不错。

"叶瞳，在你们老家，过除夕会有什么特别的习俗吗？"

"没什么稀奇呢。也都是吃饭，各种各样的菜端上餐桌。姥姥一大早就开始张罗，晚上就是丰盛到不行的晚餐。"

"为什么从来没听你提起过爸爸和妈妈呢？"

"姥姥才是我最亲的人。我今天一早已经跟她通过电话，因为刚回去了一趟，所以春节就不回去了。她说，舅舅们会跟她一起过，而我答应明年春节回去陪她。对了，牟鱼，你今晚打算做什么菜？"叶瞳对牟鱼的疑问避而不答。

"我只擅长做一些口味清淡的家常菜。都是橘城人传统的年夜饭菜，我随便煮，你们随便吃。"

"这样最好。对了，我刚才还打了个电话给顾若纪，怕她一个人独自过年太冷清，可是她说她从来没有过节的概念。"

"过完年以后，我们可以去央城看望她。"

正说着，牟鱼的手机响了。是一个陌生的号码。

"嗨，我是林骆恩。新年快乐。"

"咦？是你，稀客，新年快乐。我正跟叶瞳一起逛超市，打算晚上在家弄吃的，你和云端打算怎样庆祝新年？"

"我回来了，刚下飞机，今晚，能过来蹭饭吃吗？"

"嗯，是专门陪云端回来过新年吧？"

"我一个人回来的。我们分手了……见面再说。"

"唔……好吧，你记下我的地址……如果找不到，就给我打电话。"

"我现在就打车过来。"

"你不要太着急，时间还早。"

挂了电话，牟鱼把林骆恩回来以及他与纪云端分手的消息告诉叶瞳，她耸了耸肩，有点不以为然。

"我一直不太喜欢纪云端，说不出哪儿不喜欢，可能是气场不合。她和林有太多不一样的地方，分开不见得是坏事。"

他们一边说着话，一边把东西买齐了。超市里人很多，每个人的脸上都洋溢着节日的气氛，好像一串串凑近了火苗的鞭炮，随时要燃烧与爆破。结账时，叶瞳突然把嘴贴到牟鱼的耳边说："我会记得今天的这顿晚饭。谢谢你。"

牟鱼和叶瞳各拎着几个被塞得特别臃肿的环保袋回家。大约半小时后，门铃响起。推着行李箱的林骆恩出现在大家面前，一脸倦意，竟消瘦了很多。其他人也陆续到了，牟鱼的旧同事杜韵音，"指尖以西"画廊的主人慕容迦蓝，曹雨繁以及她交往了半年的男朋友，一直让大家感觉神秘的、"Wednesday"网吧的老板吕荷西，大家都穿着暖色调的外套，似乎都被节日的气氛感染了。

牟鱼到厨房忙了起来，叶瞳把林骆恩扯了进来打下手。

"不要一副闷闷不乐的样子嘛，大过年的，有什么不痛快，都要先放下来。"牟鱼对林骆恩说。

"就是。如果已经不能从头来过，那就大步往前走。回来多好啊，我就一直盼着你回来。"叶瞳说。

林骆恩故意做了个夸张的笑脸。

"好了好了，大家都等着吃饭呢，快快弄起来吧。"

牟鱼和叶瞳相视而笑，便各自埋头忙了起来。

饭桌上，大家互作了简单的介绍，便开始吃饭，初时都显得生疏拘谨，但很快就有了好友相伴的随意。

牟鱼一共做了七菜一汤，都是简单平常的家常菜。除了白斩鸡，还有贵妃牛肉、啤酒鱼、土豆焖鸭、西芹枸杞炒百合、素丸子、蒜茸炒茼蒿，以及玉米香菇排骨汤，叶瞳包了韭黄虾仁饺子，而曹雨繁则用香槟和奶油调了一款鸡尾酒。

饭吃得差不多的时候，窗外开始响起了焰火噼里啪啦的爆破声，此起彼伏。落地窗外，有了各种颜色的光束，倏忽升起，倏忽坠下，这样的热闹，多少会让人暂且放下心中的不快，屋里，各人有各人的心事，但此时，大抵脸上都有一抹浅笑慢慢地荡漾开来。

除夕，一切，又将在新的一年里，重新开始。

被切除的粉瘤

冷空气在入春后持续滞留。

牟鱼患上了重感冒，吃药吃了几天依然没见好转，于是去医院打点滴。

牟鱼去医院看病的次数屈指可数,对医院的气味与气氛一直很抗拒。眼前一个个面无表情的医生和一个个臆想自己已经患上了绝症的病人,很难获得彼此的安慰和关怀。但记忆中的医院并不是这样的。小时候老爱发烧感冒,或需注射各种名堂的预防针。妈妈背着他,走上一里路,到一个小诊所看病。如果是夏天,这一段路走完之后,妈妈后背的衣服会全湿透。小诊所很洁净,没有喧哗声。小院子里有古老的白玉兰树,树下设了木椅子,排队等候的时候,大家就坐着聊天,看起来都很乐观,就算当中真有人患上了治不好的绝症,也并不愁眉苦脸,大家都以为,得的不过是忍一忍就会过去的病。印象中,那时的医生护士所穿的白大褂也总是干净如新,对待病人都极有耐心,这一切不知道从什么时候开始不复存在了。医院,充满了颓败的气息,病人因难以忍耐痛楚而扭曲的脸,总是挥之不去。

在将要走进医院门诊部的时候,牟鱼看到一个熟悉的身影迎面走来,仔细看,是纪梵,他独自一人,用手按着左腹,步履蹒跚。

"纪梵?"

纪梵抬起头看了牟鱼一眼。

"巧。好久不见,你也生病了?"

"真只是感冒而已。你呢,看起来好像不太好。"

"没大碍。刚切除了一个粉瘤。做了个小手术,伤口还有点痛。"

"要不到里头坐一会儿再走?我要去打点滴,你陪我聊会儿,打发一下时间。"话刚说出口,牟鱼就觉得唐突。他约莫是会被拒绝的。但心念转动间,牟鱼看见纪梵点了点头。数月不见,他明显清瘦了许多。

输液室里塞满了病人,陌生人挨在一起,却又互不相干。纪梵看起来很疲惫，但他脸上的神色却一直是平和的。这是许多年前就已经习惯了的不动声色。

"每年一到这时候，就有很多人病倒。你要注意多穿衣服。"纪梵说。

"我很少生病。偶尔感冒一下。你呢，伤口不要紧吧？"

"不要紧。还有点痛，但不碍事的。"

"以前认识一个朋友，也长过类似的粉瘤。他说，这样的瘤，好像是一夜之间在身体里出现的，他一直忽视它的存在。只是偶尔在自己的手指滑过的时候，才会记得它。不痛也不痒，莫名其妙地在身体里占据着一个位置，等记起它的时候，一摸，发现它猛然变大了许多，于是他就去做了切除手术。可能你跟他会有相似的感觉吧。"

"是的，它让我很不自在，本来我会一直跟它和平相处，井水不犯河水。今天把它割除之后，突然觉得很痛快。"

"手术麻烦吗？"

"手术过程不足半小时，在注射了麻药之后，看见医生的手术刀在我的身体表面移动和深入，看不见口罩下面他的表情，却看见血从自己的身体溅出，溅在他的白大褂上。看起来陈旧不堪的白大褂，一直在眼前晃动。后来又看见一团血肉模糊的东西通过一只镊子，从我的身体里抽离。好像是一个仪式的完成。在我觉得痛时，手术结束了。"

"我记得以前那个朋友很快就能康复。你注意不要让伤口感染。"

"李炜，有些话，一直没有跟你说，也不知道怎么说。"

"哦？"

"其实一直很感激你。以前读书，你一直帮我。我不是那么懂得表达,但我确实知道你一直在帮我。那几年,家里发生了很多事,乱得一团糟。每个星期三,我都要去医院看望我妈妈,她在病床上躺了很久,后来就去世了。我在医院里看着自己最亲的人慢慢衰竭。我记得每次她跟爸爸吵架吵得很凶,每次都会收拾行李,打算带我离开。但总会心软。这是一场恶性循环,无休无止。小时候一直很向往那些可以坐飞机去得很远的人。我以为有一天可以带着妈妈远走高飞,但我无能为力……"

"原来是这样……我早已不再去探究那些纸飞机的秘密了。我们的生活,说来说去,也只能是一些俗套的事。"

"对了,你还记得那次在你的唱片店里,订了张唱片送给我的男孩吗?"

"记得。苏夏,长得很好看,听很多有意思的音乐。"

"他是我一个好朋友。在石头巷那家网吧认识的。他在寒假一个人来风城旅行,那几天到网吧上网,定时给家人发邮件报平安。他就坐在我身边的机位。有一天为了点小事我跟一个小痞子打起来了,他过来劝架,为我挡了一拳……"

"他心地很善良。"

"他总是一个人在假期,用自己平时在一家西式快餐店打工攒下的钱,到处旅行。他说,就算以后老得走不动路,也还要环游世界。宁愿一个人坐着颠簸的旅游车到处走,有一天突然老死在某个陌生的城市,也不要孤独地待在病床上等死……那几天,除了跟他在网吧上网,还带着他到处乱逛,前所未有的轻松。可惜,他的假期很快就结束了,不知道几时才会再见了。"

"你有没有想过去找他?"

"他走的时候我也没有去送他。后来也不怎么联系了。今天遇见你，就突然想起他来。"

"给他打个电话问候一下？"

"我还是没有学会怎样跟一个人维持长久的友情。你是我认识很久唯一还有联系的，而跟他不过是偶然相识。"

打完点滴，牟鱼和纪梵一起走出医院。

午后的阳光很猛烈，却还是让人觉得冷。

纪梵的伤口仍是隐隐作痛，接下来的一个星期，他要每天来换药，直到伤口愈合。牟鱼要打车送他回家，他摇摇头，拒绝了。

他们各自坐上了回家的车。

这是牟鱼跟纪梵最后一次见面。在心里，牟鱼始终希望，这个总是把头上的鸭舌帽压得很低，低着头走路的旧同学，能够脱掉帽子，时常抬起头来看看天空。

天花板上的摇滚歌手

天气终于变暖和了。

牟鱼打算把"土星"重新装修，让它看起来更明亮一些。

黄色。是牟鱼和叶瞳一致决定要用的颜色。

把原来的白墙换成黄色的墙，明亮度较高的黄。然后，叶瞳提议在天花板上画画。一个赤裸上身的摇滚歌手在天花板上唱歌，没有人能干扰到他的忧郁与愤怒。不可否认，他很喜欢这个点子。

花了一整个下午，叶瞳把"天花板上的摇滚歌手"画完。一个头上长着鹿角的男人，袒露着瘦削的身体；眼神坚定；按着吉他弦的手指修长有力；扫弦的手指扬起，有一种定格时光的味道。依然是叶瞳一向的画风，浓烈而犀利。

读大学的时候，我们寝室，八个女孩，性格各异，爱好各异，但却不约而同地喜欢着同一个摇滚歌手。

他有迷死人的眼神，里头总是弥漫着一层蓝色的薄薄的雾。他还有漂亮的手指，其中一个室友总是咬牙切齿地说，总有一天，我要把他的手剁下来，据为己有。

总之我们都觉得，他完美得无可挑剔，这不仅是外表的。很多大牌摇滚歌手，总有着这样那样的陋习，吸大麻，与女歌迷暧昧纠缠，可是他跟这些东西一点不沾边。他完全置身于圈外，早早结婚，有个深爱的妻子，他为她写情歌，抒发对生活的热爱，她为他放弃了豪门贵族生活，跟着他，到处巡演，为他打点生活的一切。

有很多个夜晚，寝室关灯前，我们用随身CD机播放他的唱片。

有时，反反复复地播放同一首歌。唱片播至磨损，又换上另一张，继续播。

我们几乎能完全地哼唱他的每一首歌。一直盼着有一天，他能来开演唱会。我们八个人，不管身处何地，都要相约在一起，去看个痛快。可是等了好几年，他都没有来。

有些人，注定只能远远地看着他，听着他。

无法占有，也就无法失去。

牟鱼沉默着听完叶瞳的话，盯着她刚画好的天花板，看了很久。

"叶瞳，我们要买一张舒适的大地毯回来，让大家能够躺下来看着天花板听音乐。"

"傻子。又不是什么世界名画。乱涂乱画，有人看见就看见，看不见也无所谓。不过，如果让我继续胡作非为下去，我一定要把墙和天花板都涂成世界末日一样的黑色。再在地上铺一层反光的镜子。每个走进店里的人，都战战兢兢又彻彻底底地变成不祥的乌鸦。幸好这只是我的臆想，真这么做，估计不消两天，'土星'就要倒闭了。"

"哈哈，你脑袋里到底还装着多少古怪的念头？"

"没有了。最后一个。"

"在接手做唱片店之前，我曾经不止一次地构想过，要攒够钱开一家好玩的店。它不是咖啡店，也不是果汁店，不卖薯条和炸鸡腿，也不卖汉堡与东北乱炖。它有干净简约的设计，有大盆的植物与养了很多热带鱼的水族箱，可以为伤心失意的人提供快乐和愉悦；提供给每位客人一部录音机，录下他们各自的快乐、不幸、仇恨、痛楚、记忆、绝望和失意，把这些录音卡带藏在一个比保险箱更秘密的地方，直到大家生老病死；为客人提供自创的饮品，全部口味清淡而后劲浓烈，喝下去，五味交杂；为客人提供全城最好看的男侍应和女侍应，单数日是男侍应，双数日是女侍应，他们会说时下流行的笑话，每个人都笑脸迎人，而周日，店主亲自坐镇，全场东西自助，只提供的服务是任意播放好听的音乐……"

"真棒！让我想起前阵子，慕容迦蓝推荐的一部十集长的电视剧：《深夜食堂》。每集不到三十分钟。讲一个中年男人，在一条深巷，开了家营业时间从晚上十二点到早上七点的料理店，每天夜里与客人的短暂际遇。贴在墙上的菜谱，只有寥寥几道菜，但老板会根据客人的需要，随性变出新花样。有人问，这样的店，真有人来吗？答案是，有，并且还挺多。客人身份各异。黑社会大佬，过气女明星，男优，小混混，占卜师，脱衣舞娘，剩女，浪人。吃的东西，其实也很普通，诸如茶泡饭、鸡蛋三明治、土豆沙拉、酱油炒面……这些家常便饭的味道，跟别的店又有什么不同呢？可是客人都吃得那么快活。老板可以给大家做出在特定的日子里最想吃到的食物，对信用好的人进行赊账，跟他们成为长久相交的朋友。看似老土的小故事，却又有别样的温情，在食物面前的欢笑与眼泪，也显得克制从容。"

"我的住处附近，也有深夜仍灯火辉煌的馆子，有时候半夜睡不着，饿了，也会跑去大吃一顿。有时候也会感叹，为啥这样的店，夜里生意比白天还好。是大家都那么爱吃夜宵，还是另有原因？也许可以作这样的解释：食物，有时候在夜里是最好的伴侣。孤单或放荡过后肠胃的满足，很实在，很充盈。"

叶瞳一边很认真地听牟鱼说着话，一边抬头看了看自己刚刚在天花板上画完的画，她盯着画里那个长着鹿角的摇滚歌手的脸看了一会儿，说：

"对了，牟鱼，我昨天晚上做了一个梦。梦见一个陌生男人，他跟我说起他的故事。后来我问他，你是谁。他很清晰地回答，我是木头。"

"木头？你怎么会梦见他，梦里他是什么样子的？"

"很瘦。神色抑郁。眼睛很小。嘴唇很薄。不算好看,但有一种独特的气质。他一直面容清晰地站在离我不远处,神情很落寞。"

"我电脑里有他以前发给我的照片,我找出来给你看。"

牟鱼从电脑中找出了跟木头刚认识时,传来的那几张像素不算太高的数码照片,照片中的背景是坞城几个著名的人文景点。

"牟鱼,照片里的木头很贴近我梦中的意象,只是显得更抑郁和孤单。他看起来一点都不陌生。"

"怎样的人会让你觉得陌生?"

"从未见过的,或者是那种虽然曾在面前出现过无数次,但后来却始终想不起他样子的人。"

"如果有一天,有一个跟木头长得相似的男人出现在你面前,你会一眼认出来吗?即使知道,他不过是另一个人。"

"我相信能认出来,可是,这样的人,真的会存在吗?"

第四章　月光

有些音符，

是你永远捉不住的。

旅行者　☾

有一天，"土星"来了位不速之客。

是一个风尘仆仆的女人，她的皮肤晒得很黑，看起来很干燥，把头发轻绾成一个大髻，穿着宽松的浅灰色上衣，看起来干脆利索。

她背着一个硕大的帆布背囊走进唱片店。

她把背囊卸下来，放在地上，然后很熟稔地坐在沙发上，把腿伸直，又伸了个懒腰，像回到自己的家一样惬意，毫不拘束。

这真是一个古怪的女人，但是，她一定很有趣。牟鱼在心里嘀咕了一下，刚好煮了咖啡，便倒了一杯，递给她。

"我刚下火车，也没什么地方好去，朋友推荐我来这看看，这里，果然很不一样。"她顿了顿，"你煮的咖啡？很好喝。"

"你是从外地回来吗？"

"我一直都是'外地人'，到处走，到处走。都快要忘记自己是哪儿的人了。我第一次来风城，要转一趟长途车，明天就走。所谓的旅行，总是要在坐车这个环节上花很多的时间。坐长途车是很难熬的，听听唱片，时间就能过得快一些。"

"没错，是这样的。"牟鱼说。如果这时叶瞳也在，她肯定会说，这个女人，一点也不让人觉得陌生。

"我最好的女朋友也喜欢带着唱片到处旅行。有一次，她正要坐飞机离开一个地方，却发现自己把一张心爱的唱片遗留在旅馆了，于是她连飞机也不坐了，马上赶回旅馆去拿唱片。就是她，推荐我来这儿的，她告诉我那张对她来说很重要的唱片，她在别处找了很久都没有找到，却很意外地在这儿淘到了，所以我就很好奇，到底这是一家怎样的唱片店，于是我连旅馆都还没住下就一路找过来了……"

每个人都拥有一些很重要的物件，可能是偶然得到的，也可能是寻找了很久，却在无意中得到了，如获至宝。为了一张唱片而放弃航班的女人，一定也有很多故事。

"我和她，就是这样各自到处走，好多年，几乎都没有一起去旅行过。"

"为什么呢？你们都那么喜欢旅行，应该不难一起出发吧。"牟鱼问。

"我们想去的地方很不一样，她喜欢去国际大都会，享受购物乐趣，邂逅不同的人，她骨子里十分害怕孤独。而我，只喜欢去一些边陲小镇，看风土民情，看当地人的生活，我觉得这是很有价值的东西，那也是自己不可能长久拥有的生活……我们都不太会迁就对方，结果，总是错过。"

"你们去的地方，确实很不一样呢。对了，你都去过哪些地方了？你的旅行听起来充满了原始的味道。"牟鱼说。

"确实，有时候我很喜欢冒险。我还去过一些更原始的地域，局势动荡，可能会遭遇危险，永远不知道下一秒钟会发生什么，甚至会因为经历一些意外而死掉。现在回想起来，觉得有点不可思议，但是现在若知道这样的路程充满危险，我还是会毫不犹豫地动身前往。有一次，去了严重缺氧的高原，有天和几个初相识的旅人一起拼了辆吉普车，夜里赶路，车子静静地在黑色的夜幕中前进，听见远处的狼吠声，慢慢又近了，十多匹狼追逐着车的灯光。我昏昏沉沉地靠着座椅睡着了，意识有点迷糊，头疼痛难止。身边的陌生男子拍醒我，很多人就是在缺氧的时刻一睡不醒的。车翻过了五千多米的山脉大山口，借着车灯的光，我看见了高高矮矮的玛尼堆与被风拂动的经幡，以及天边那片月光下蓝色的湖水，美得惊心动魄。忽然有一种想和身边这个陌生男子拥抱的冲动。在大家分道扬镳的时候，我和他站在风雪中深深地拥抱了一下，那不是艳遇，也不是友谊，只是旅途当中海市蜃楼的感动。"

"听起来真棒！但，你那位好朋友肯定替你担心过不少回了吧？她有没有劝阻过你，不要再去冒险？"牟鱼问。

"没有劝阻，她可能也会担心，但是她太了解我了，知道我一旦决定要去，谁也阻止不了的。但是后来，我很想跟她一起去一个地方，不管去哪儿，她也答应了，那时，她在国外，在几个国家之间辗转，本来打算等她回来就一起出发，没想到……她回不来了，唉，明明喜欢冒险的人是我，可发生意外的人却是她。"

"听起来很遗憾，也很宿命。似乎是冥冥中的注定，躲也躲不开。"牟鱼说。

"自从她出事以后，就很少有人跟我一起分享发生在旅途中的事了。我还记得最后一次我在她家，她兴致勃勃地把她拍的旅行照片拿给我看，她真是太喜欢拍照了，以前一直不理解，为啥去旅行的人大多都喜欢拍照，最近突然明白了，一路上拍照，除了是给自己留作纪念，更重要的是，可以让自己记住很多容易忘记的东西，照片比记忆可靠得多……对了，我突然想起来，那天在一起，她正播着……她曾经不止一次向我推荐过这张唱片，如果没记错，应该是一个叫Adam Green的男歌手，他的唱片，叫《garfield》，我后来一直在找这张唱片，不知道这里有没有？"

哦，又是这张唱片。牟鱼还记得，在二月，一个叫苏夏的男孩曾经给纪梵订了这张唱片作为生日礼物。

"以前曾经有卖过好几张，可是已经卖完了。太冷门的唱片，不是很多人会知道。有时候把这类唱片推荐给客人，当时他们总是不置可否，后来再想买却已经卖完。我常常会跟一些来买唱片的客人说，如果确定喜欢某张唱片，就一定要买，不买，也许就错过了，以后都不会再碰到。

"人与人之间的缘分，其实也是这样的吧，我想。因为一些事而错过，后来再想弥补，就太迟了。"

"没错，就是这样。好了，说了那么多，我去挑挑唱片。"

　　第一次见面，从不相识。可是，这样的谈话，让牟鱼觉得贴心。他曾经也是那么喜欢旅行，一个人，到处走。学生时期，放长假，为了省钱，常常买最便宜的火车站票，一站一整天甚至更久，只为了去一个充满了自己想象的地方。回想起来，这样的方式，似乎比飞机转眼即达，更像旅行。

　　女人把最后一口咖啡喝完，把马克杯放下，站起来，走到唱片架前。

　　她一张唱片一张唱片地仔细翻看，就像翻过一站又一站的旅程。

　　她的下一站，是哪儿？

兔唇男孩 ☾

　　来"土星"买唱片的人，来来往往，大抵都不会给人留下什么印象，但其中总有一些，让人过目不忘。

　　有一段时间，有个很喜欢戴口罩的男孩经常来，他有各种各样的口罩，以此遮住半张脸，这在他人看来，似乎只是一种癖好，就像有人喜欢戴帽子或从来不穿袜子，久而久之，形成了习惯，再也改不掉了。

　　男孩其实很好看，在他走近柜台结账的时候，牟鱼能清晰地看见，他有很浓密的睫毛，眼眸很黑很亮，看不到一丝的阴霾。

　　每次来，他总是在唱片店里待很长时间，每次都会买走好几张唱片，都是偏冷门的音乐。

　　由始至终，他没有说过一句话。

"大热天的，呼口气都不痛快，也不嫌戴口罩难受。"有一次，叶瞳看着男孩转身走出唱片店，低声嘀咕了一下。

"也许是有原因的吧，或者只是不够自信，比如说，我小时候对自己的长相很自卑，总是低着头走路，不喜欢照镜子，老想着要戴个面具出门，不要被人看见。"牟鱼说。

"这个说法有理，可是，明明能看出，他的脸部轮廓很好，眼睛也很好看。"叶瞳说。

"每个人都有不想裸露的一面。可能只是一道伤痕，一个秘密，或其他……我有，你也有。"

叶瞳沉默，似若有所思。

小时候，邻居有个比我小两岁的女孩，是兔唇。

她老遭到同学的取笑，却并不明晰自己何以长得跟别人不一样，何以总是无缘无故遭到奚落。

她开始逃课。后来被父母发现，问了个究竟，便求助于她的班主任，试图让她教育那些取笑自己女儿的学生。

可是一切都没有改变。

女孩依然承受着同学的取笑，继续上课。

直到有一天，她终于忍不住，从家里拿了一把水果刀，藏在书包里。在课间，拿出刀，用尽全力，刺向了一直取笑她的那个为首的男同学。

那一刀，刚好刺中了他的心脏。不偏不倚。他当场倒在她和同学的面前。

血流了一地。

她蹲下来，号啕大哭。

没过多久，她们一家就搬走了。从此音讯全无。

　　"你看，天生的，出不得自己的一个小缺陷，却彻底改变了自己的人生。我们的身边，从来不缺这样的例子吧。"牟鱼说。

　　"这个小女孩，让我突然觉得很心酸。我在想，如果换了是我，可能也会拿出刀来，跟那些小混账们同归于尽的。"

　　男孩消失了很长一段时间。

　　再来的时候，他没有戴口罩。但牟鱼和叶瞳还是认出他来了。他还带着一个装着一只白兔的小笼子。

　　是个兔唇男孩。一张接近完美的脸，嘴唇上方有一道小小的伤疤，月亮型的伤疤，浅浅的、除不走的烙印。不戴口罩，反而让人记忆更深刻了。

　　他仍旧不说话。把兔笼子放在地上，挑唱片仍旧挑得很专注。这回，他买的唱片有点多，牟鱼数了数，足有二十张。

　　"嘿，这次你买的唱片不少。"牟鱼说。

　　"是这样的，我家很快要搬到外地去，以后不能常来了，所以这次把喜欢的多买一些拿走。有空我会回来的，我很喜欢你们的店。"

　　"可以换个地方生活也很不错呀，你有空回来逛逛哦。"叶瞳插口道。

　　"一定。对了，我想你们帮我一个忙，可以吗？"

　　"没问题。"牟鱼和叶瞳异口同声。

"我想把我的兔子留在唱片店寄养，我带不走它了，想不到可以送谁，又不舍得扔掉，我留意到你们还养了猫，估计你们喜欢小动物……"

"我们喜欢兔子，可以试试照顾它。"叶瞳说。

"太好了，谢谢你们。我一定会回来看它的，我很舍不得它，如果不是它，我可能不会摘下口罩，永远。我的嘴唇让我感到自卑，因此以前总是受到别人的嘲笑，我原以为戴上口罩就可以让一切改观，让一切有所改变，但其实什么都没有变。那天看到街上的小贩在卖兔子，走过去看了很久，最终决定把它领回家。我以前养过蜥蜴和乌龟，他们明明都是生命力很强的，可是养不久就都被我养死了，只有这只兔子，虽然我每天只喂给它一些胡萝卜，它却一直长啊长，越长越胖。它跟我很要好，它第一次让我觉得，这样的嘴唇并没有什么可害怕的，依然可以活得很快乐……"

"我也觉得，你嘴唇上的小疤痕没什么的。这样一处小小的特殊记号，反而让人更加容易记住你。"叶瞳说。

"谢谢你啦。从来没有人这样安慰过我。"男孩说。

"你放心好了，兔子交给我们，我们一定会好好照顾它。祝你一路顺风！"牟鱼说。

男孩点了点头，咧开嘴笑了一下，笑起来很好看。他伸手将兔子从笼子抱出来，摸了摸它的背，然后轻轻放回笼子，把唱片放进背包，跟牟鱼和叶瞳告别。

男孩留下的兔子，在一周后，没有任何征兆地死掉了。

男孩再也没有来过。

镜之影像 》

那天天气很好，不是周末，光顾的客人不多，牟鱼和叶瞳去附近的花卉市场买了一些大叶植物回来，替换之前没有熬过冬季而死掉的那些。

午后的阳光洒在植物的叶子上，轻柔地反着光的绿色，让人心情愉快。在他们拍了拍沾满了泥土的手，打算收工的时候，看见一个男孩从远处走了过来，逐渐走近了唱片店，他抬头看了一眼店铺的招牌，露出了微笑。

"你们店其实一点也不难找，可是我却找了很久才找到。我方向感太差，竟然迷路了。"这是男孩走进店里说的第一句话，他的声音很干净，一字一句，充满了韵律感。

"哦，如果我猜得没错，你一定不是本地人，或是刚从外地回来吧？"牟鱼说。

"你猜对了，我确实刚回这个城市。有两年没有回来，对这个城市感到很陌生，比在国外生活了四年的那个城市更陌生，不知道是它变化太快，还是我对它的印象，还一直停留在我离开前的阶段。"他顿了顿，接着说，"我是那种逛唱片店会逛上瘾的人，这几年，除了在学校念书，去得最多的地方，就是唱片店了，你们整个店的气氛和设计，让我想起我在国外经常光顾的那家唱片店，不知道是不是也能够在这里找到很多喜欢的唱片。"

"你随便翻翻吧，刚好新到了一批唱片，也许会有你喜欢的。"叶瞳
说。

从男孩走进店里之后，牟鱼就开始偷偷地打量他，男孩穿着很朴
素，蓝白灰格子衬衫，线条简约的牛仔裤，以及黑色帆布鞋。但他身上有
一种似曾相识的亲切，似乎在哪儿曾不止一次地遇见过，他很努力地思
索了一番，却还是想不起来。他转过头看了叶瞳一眼，看到她的表情里也
浮现着一丝的疑惑。那时候，店里的唱机正播放着Kathryn Williams的
专辑《Leaveto Remain》。

男孩站在唱片架前，很仔细地翻看着唱片。过了大概半个小时，他挑
了五张唱片走到柜台结账。

直到看着他走出店门外，只剩了个背影，这时，牟鱼才想起，他到底
长得像谁。

"你看他们长得像不像？"牟鱼用鼠标点开了电脑文档里存着的木
头的照片，对叶瞳说。

"他们的眉目，长得真的很像呢。我刚才就发现，你一直盯着他看，
还以为是你相识的人，我也是看着眼熟，没想到原来是跟木头相像。"

"我想起有一个外国摄影师叫Francois Brundelle，满世界地跑去
找许多相貌相似的人，并为他们拍照，他们有不同的教育背景和喜好，也
从事不同的工作，有可能住在同一幢大楼里，也有可能天各一方，可是因
为这个摄影项目而聚首。我看见过他拍的那些照片，确实很奇妙，你不知
道，为什么在世界的某处，真的存在着一个跟你相貌相似的人，并且在
某一天，能够彼此相遇。"

"嗯，这听起来很有趣。可惜，木头和这个男孩，无法同时出现在我们面前。"叶瞳说。

这一段时间，男孩常常出现在唱片店里，看起来二十出头的样子，却有一种与年龄不相符的平和与淡定，很难让人对他情绪的变化有所察觉。很快，他就跟牟鱼和叶瞳熟络起来。

他出手并不阔绰，总是先挑出一摞唱片出来，再从中比较和筛选出一些，然后再结账。牟鱼见识过一些刚从"海外学成归来"的人，他们身上多少有些纨绔之气，没有找到很好的工作，但照旧心安理得地挥霍着家里的钱，因此，相比之下，牟鱼对这个名叫方树佟的男孩有着说不清的好感。

一天，方树佟走进唱片店，不声不响的，让人轻易察觉出他的闷闷不乐。

"咦，你今天怎么了，跟往常完全不同啊，有什么事不开心吗？"牟鱼问道。

"没什么……真没事……"方树佟回答，有点欲言又止。

"上次听你说最近在忙着找工作，是不是不太顺利？"牟鱼接着问。

"嗯，也有这方面的原因吧，我刚回来，觉得自己好不适应，找工作不太顺利，跟家人的相处也出了一大堆问题。可能是我以前太听他们的话，让我出国我就出国，让我读哪个专业我就读哪个专业，现在想做点自己想做的事情，他们却不是那么支持，他们容不得我有半点的不从……"

"不要怪他们，你无论变成怎样，在他们心里，你还是从前那个很听话、涉世未深的小孩，还没有意识到你的成长而已。"牟鱼安慰道。

"我没有怪他们，只是有点烦闷，不知道该怎么跟他们沟通。"

"你爸妈想让你去做什么？你自己又有什么想法呢？"叶瞳插了句问。

"我爸是生意人，他希望我逐步介入到他的生意，并最终接管。可是我对做生意一点兴趣也没有，也缺这方面的脑筋，自问没有一点商业头脑。我自己呢，则对与环保相关的工作很有兴趣，在国外读书的时候，身边的人环保意识很强，大家都习惯了从细微的事情入手参与到对生存环境的改善。我希望自己也可以这样，做一些看似微不足道却很有意义的事情。"

"你的想法很好，为什么不直接跟家人沟通一下，如果能够借助到他们的实力来推动不是更好吗？"叶瞳提议道。

"我爸太固执了，想必很难能够说服他的，不过我可以去试试。"

"不过，我建议你还是先去把自己的想法充分完善，等到足够成熟的时候再去和他讲，这样比较有把握呢。"牟鱼说。

"你说得没错，十分感谢，哈哈，看来我今天要多买几张唱片……"

"这再好不过了……"牟鱼和叶瞳对望了一眼，哈哈大笑。

目送方树佟的背影又一次从店门外消失，牟鱼转过头来看了叶瞳一眼。

"我有新发现！"牟鱼说。

"嗯？"

"刚才方树佟转身离开的刹那，我觉得他跟一个人很像，那微妙间的举动和神情。"

"哦？除了像木头，他还像谁？我也认识？"

"你！"

"我？我和他？什么和什么啊？哪儿像了？"

"我就是觉得像，你俩就像姐弟似的。就是一刹那的感觉，很强烈，虽然可能只是错觉。"

叶瞳突然脸色一变，"绝对是你的错觉，不许再胡乱地瞎猜啦！我跟这个男孩，会有什么联系呢？"

"并且也不是没可能。因为，你从来没有提到过你的爸妈，我有一次专门问起，可是你却避而不答。"

"那是因为真的没有什么好谈的……"

"如果，从小在父母周围长大，他们与你息息相关，又怎么会没有好谈的？显然这里面有一些不寻常的事……"

"好了，不许再假设！你什么时候变得那么咄咄逼人了？有些不想提起的事，不过是千头万绪，不知道从何说起。刚才听方树佟说起他与家人之间的事，我完全没有共鸣，现在我可以很负责任地告诉你，我从来就没有见过我的爸妈，所以对他们根本无从谈起。"

叶瞳从柜台站起身来，说："我要出去走走，一会儿就回来。"

她说完，便起身要走，走前又对牟鱼瞪了瞪眼，用很严肃的语气说：

"不许再作太多的联想了，就算我跟他真的相似，一切，也不过是巧合。"

永远年轻的钢琴家 ☾

有些音符，是你永远捉不住的。

这句话，是一位老先生跟牟鱼说的。

老先生，是"土星"开业以来，迎来的年纪最大的客人。

他是跟着从门缝蹑进的阳光一起进入唱片店的，唱片机里正播放着收录在电影《时光倒流七十年》的原声碟中，拉赫玛尼诺夫的《第二钢琴协奏曲》。他慢慢地走过来，坐在沙发上。他一直微笑着，微笑着，像微风吹拂着参天大树的树叶，那种出尘的淡定，牟鱼从来没有遇到过。

他真的很老了，头发银白色，梳得很整齐，满脸的皱纹，让人分辨不出到底是隐藏还是泄露了他的年纪。在他身上看不到混浊的气息，动作很少，有沉淀多年的优雅。

他的右手放在大腿上，随着音乐，轻轻打着拍子。牟鱼留意到他的手指，手指很长，指甲修得很干净。

他听得很专注，完全忽略了牟鱼和叶瞳的存在。

牟鱼和叶瞳竟不约而同地有了些许的手足无措。

钢琴曲，最后一粒音符落下。终了。是这张唱片的尾声。

音乐停下，空气里有几秒钟的寂静。

"您想重新听一遍这张唱片吗？"牟鱼说。

"谢谢小兄弟,不用了,别太麻烦了,"老先生笑着说,"这首曲子,我太熟悉了,虽然现在听力不太好了,但刚才在店门口路过,正好听见,就想走进来听得真切些。已经很久很久没听过这曲子了,它让我想起了很多旧事。旧事可以回忆,但有些音符,是你永远捉不住的。"

"如果我猜得没错,您以前一定也是弹钢琴的吧?"叶瞳问道。

"小姑娘眼力真好。我年轻时,确实弹过一阵子的钢琴,"老先生又笑了笑,然后他站起身来,"我要买这张唱片。"

牟鱼把唱片递给叶瞳。叶瞳心领神会,拿出一张裁好的牛皮纸,仔细地把唱片包好,双手递给了老先生。

"这送给您。"牟鱼说。

"怎么好让你们送我东西呢,不行不行。"老先生连连摇头,然后从钱夹里掏了张纸币。

"一张唱片,微不足道,您收下吧,这是我俩的小心意。"叶瞳帮腔道。

"那我就谢谢你们了,这样吧,你们改天有空,来我家做客,如果不嫌弃,我给你们俩弹几首曲子。"

"太好了!"叶瞳掩饰不住兴奋。

老先生在一张纸上写下了他的名字"宋书扬"、家的地址和电话,一笔一画,字迹十分潇洒。

"如果有时间,记得要来。"

他笑着对牟叶两人挥了一下手,转身走出"土星",依然带着一身的阳光,明媚得近乎幻觉。

"他让我想起姥姥了。"叶瞳说。

那张写了老先生的通讯信息的纸片，用图钉钉在柜台边的备忘板上，过了很久，逐渐被遗忘。

直到有一天，牟鱼在《风城日报》的副刊上看到一篇文章，内容大致是一个女钢琴家对其刚去世的父亲的怀念。文字很真挚。其中有这样的一段给他留下了很深的印象：

那天，风很大，我们去爬山。我说这样的天气不适合外出，而你却执意前往。有时候你固执得近乎执拗，决定了要做的事，谁也劝阻不了。在窄小难行的山道上，我们与山边被风吹得东摇西摆的小树无异。你一直没有要停下来的意思。终于走至山顶，在凉亭，你用手拂去石凳上的尘土，然后在上面铺了块手帕，示意我坐下。你从来没有刻意去保养自己的双手，曾经为我、为很多人弹奏过天籁之音的双手，一直覆盖着我的内心，是一层坚不可摧的保护壳。在过去的许多年里，诸如此类的细琐事情，我从未忘记。

你是众人眼里杰出的钢琴家，在我眼里，你是生活里从未缺席的父亲……

读到这段文字，并看到配文照片里老先生熟悉的笑脸时，唱片机里正播着Laurie Anderson的专辑《Life on a String》，里头也有一首写给已故的父亲的歌，《Slip Away》，她唱道：

I'm thinking about the way that lost things always come back.

Looking like something else.

A fish in gpole,a shoe,an old shirt,a lucky day...

歌词描写的是,"我"站在父亲的病床边,看着熟睡得宛如新生婴儿的父亲,只一息尚存,在时间缓慢的流逝中,被死神带走,如进入一个没有回旋的长廊。"我"想起失去不可挽回的一切,皆是琐碎的物品,一支鱼竿、一双旧胶鞋、一件旧衬衫,还有美好的一天。编曲用到了大提琴和板胡,凄切呜咽,贯穿始终。

牟鱼把报纸递给了正在整理唱片的叶瞳。她接过来很认真地读完,脸上浮现出一丝的伤感。

"我们真不应该错过他的演奏,没想到他的琴声已成绝响。"

带着一身明媚得近乎幻觉的阳光,老先生越走越远了。通亮的房间,白色的窗帘,古老的钢琴。钢琴声响起,是他在演奏,拉赫玛尼诺夫的《第二钢琴协奏曲》。

一切都似真实存在。

一切都归于寂静。

Laurie Anderson /《Life on a String》

第五章　夕阳

雨季/夕阳/素镇/恩赐

远方。未知的庭院。

那些新鲜的去处，也不过如此。

但去过，心里就踏实了。

雨季 ✝

这一年的雨季特别漫长。

风城仿佛掉进了一个巨大而盛满伤感气息的蒸漏器，布满了潮湿的水滴。雾气弥漫，这是牟鱼从未见过的风城。街上的行人都撑着黑色雨伞，神情肃然，身上丢失了所有鲜艳的颜色，连孩子们也不例外，把自己包裹在雨衣中，只露出半张脸，拘谨而不安，走路的节奏也较平日多了几分的无序。人的失魂落魄在这连绵不绝的雨天中被无限放大。

牟鱼和叶瞳找出了一些曲风轻快明媚的音乐,在"土星"里循环播放。平日最喜欢听的那些带着忧伤气质的靡靡之音,都暂且被搁置起来。但就算如此,还是无法阻止生意一落千丈。这是唱片店由牟鱼接手经营以来遭遇的首次危机。无法预期的坏天气让他有点措手不及。他从未为"土星"的前景担忧,但突如其来的低潮,让他多少有点焦虑。

在这个时候,依然保持着平日频率前来"土星"的曹雨繁建议,在店里增设音响设备,办一些小演出,释放大家的低迷情绪。

"林骆恩已经有很长时间没露面了,他再不出来我都以为他要在家里溃烂长霉点了。赶紧拽他出来,一起商量演出该怎么办起来。"曹雨繁说。

"叶瞳能跟林骆恩合作一起演,效果一定会很好。"牟鱼提议道。

"我赞成。"曹雨繁打了个响指。

"林骆恩弹吉他,当主唱,你做客席女歌手兼和音。很不赖!"牟鱼说话间流露着兴奋。

"我愿意试试,但万一我演不好,决不打肿脸充胖子。牟鱼负责把林骆恩叫过来,大家仔细商量一下。"叶瞳说。

"对,告诉他,我们都很想很想他。"曹雨繁用故作夸张的语气说道。

半个小时以后,林骆恩推门而入。

大家把刚才的想法又跟他说了一遍。

"我们可以试试看。最近一个多月,我写了一些歌,尽快把几首歌的旋律录成小样,交给叶瞳写歌词。之后排练一下,看看是不是合拍。"

"我看行！你们的演出一定会大受欢迎。"曹雨繁笑道。

"我尽快把歌词写出来，排练着看看，有信心可以演，我们就开始。"叶瞳说。

好不容易让人振奋起来。见不着头的阴霾一扫而空。曹雨繁提议要去喝酒，并为这天生日的男朋友吕荷西庆祝一番，他的"Wednesday"网吧生意最近同样一落千丈。于是，大家决定到附近的馆子吃饭。

离"土星"不远的"万家灯火"家常菜馆，是牟鱼他们经常光顾的馆子，地方不算大，灯光温暖照人，装潢与菜式皆朴素精致。老板叫商笛，是个言谈风趣的中年男人，凡事亲力亲为，经常混在服务员当中，为客人端茶递水，时时笑脸迎人，也不是处处精打细算的生意人，总见他偷偷多送客人一两碟小菜，还一副生怕会被发现的样子。馆子的生意看起来依旧很好，晚饭时分，照旧座无虚席。

"你看人家生意多红火。"曹雨繁暗暗惊叹。

牟鱼打量了一下坐满了人的馆子大堂，也不由得羡慕了一下，其实要把一家店做好，让大家都喜欢常来，是很难的。除了店的设计布局、出品好坏，店员故作殷勤的接待或太过表情生硬，都会让人挑剔。这样的尺度最难把握。很多东西都是无形的。就算把这些条目写进计划里一条条实施出来，也未见得就有这样的效果。只能凭感觉尽最大努力，然后听天由命。

一杯茶的工夫，服务员递上了几碟精致的饭前小菜。牟鱼负责点了菜，把餐本递回服务员的时候，远远看到了一个似曾相识的身影。是方树佟。他独自坐在靠窗的一个角落。

"是他，要不要把他叫过来……"牟鱼问坐在身边的叶瞳。

叶瞳没有答话。拿起茶杯抿了一口刚泡好的龙井。牟鱼看到她的神情中闪出一丝为难。

"你们先吃。我看到一个熟人,要过去跟他打个招呼。"

叶瞳站起来,径直走了过去,在方树佟的对面坐了下来。

这时,吕荷西走过来,挨着曹雨繁坐下,他始终是一副不修边幅的模样,一脸浓重的络腮胡。

"生日快乐。"大家异口同声。

"谢谢大家。今天我请客。"吕荷西看起来略带疲惫。

服务员开始上菜。都是店里的招牌菜,卖相极佳。

"要不要把叶瞳和那个男孩叫过来呢?"林骆恩问道。

"不用了,我们先吃。"牟鱼说。

"咦,那男孩是谁,是叶瞳新认识的朋友?"曹雨繁问道。

"是'土星'的一个新客人……"牟鱼说。

"牟鱼,你跟叶瞳到底是咋回事嘛,两个人都不紧不慢。你得快马加鞭了,不然你就等着别人把她抢走吧。"林骆恩调笑道。

"对,不能再拖拖拉拉,赶紧向叶瞳表白。"曹雨繁在旁添枝加叶。

"你们不要喧宾夺主。今天的主角是荷西。来,大家干一杯。"牟鱼尴尬地笑了笑。

"咦,叶瞳和那个男孩走掉了?"林骆恩突然说。

牟鱼往方树佟他们坐的位置看了一眼,两人果然已经离开。

"牟鱼。那个男孩到底是谁?"曹雨繁和林骆恩异口同声地问道。

"等叶瞳回来,你们问她吧,我完全一无所知。"

大家继续埋头吃饭。

吃到一半的时候，叶瞳回来了。表情并没有什么异样。

"刚才的男孩是谁？看起来很熟络呢。"曹雨繁追问道。

"以后再告诉你们，咱们先吃饭。"从叶瞳的表情里看不出任何的端倪。

结账，各自回家。

曹雨繁与吕荷西一起。林骆恩单独走。牟鱼和叶瞳顺路走一程。

雨好不容易停住了。街上的桉树在滴水。来不及蒸发的水分，有一种垂头丧气的落魄。

一路无言。转眼到了要各自离开的路口。马路对面是红灯。牟鱼扭过头去看叶瞳，她仍然是低着头，透过地面积水反射而来的亮光，可以看到，此时的她显得心事重重。

街上很冷清，除了街灯发出昏黄的光，到处都是黑漆漆的。连平日许多人进进出出的写字楼，也只有大堂还亮着灯。空无一人的大堂，逆光中，旋转门在独自转动，慢慢地，转了一圈又一圈。

"明天见。"叶瞳说。

"好，明天见。"牟鱼点了点头。

绿灯亮了。叶瞳往前走。牟鱼目送她离开。

在叶瞳就要走到对面马路的时候，她突然回过头来，冲着牟鱼喊了一声：

"方树佟是我弟弟。"

在牟鱼还没反应过来的时候，叶瞳飞快地跑远了。

夕阳　✦✦

长达一个月的筹备，叶瞳与林骆恩的闭关排练终于有了成果，他们决定一周后，以"瞳—恩"之名，在"土星"进行首场演出。牟鱼购置了音响设备，又重新把"土星"的布置作了相应的调整，用麦克风架和高脚凳替换了原来的沙发，背景墙挂上了一幅叶瞳的布面油画，是她的自画像。牟鱼自作主张，把这幅画从"指尖以西"画廊拿了过来。

一切准备就绪，并没料到会节外生枝。

这一天，叶瞳接到了舅舅打来的电话。

姥姥去世。

舅舅在电话里说，素镇连日下雨，今天下午好不容易放晴，姥姥独自坐在院子里喝茶，靠在藤椅背上，睡了过去。熟睡了很久，再也没有醒来。表情舒坦，没有任何痛苦的痕迹。

叶瞳决定连夜赶回去，送姥姥最后一程。让牟鱼稍觉意外的是，她要他一起前往。

"你跟我一块走，晚上就走。"叶瞳淡淡地说。

牟鱼没有多问，把"土星"交给林骆恩打理。两人各自带了简单的行李，去火车站买了票，便一起出发。

晚上十点的列车。要在车上待二十六小时，之后换坐长途汽车，大约坐三小时，才到达素镇。

车厢里没有满座，潮湿清冷。白色被单摸起来湿漉漉的。

一路上，叶瞳看起来很平静，靠在床边看书。

熄灯后的车厢，黑漆漆的，有如一截深夜的地下隧道。光，所有的光，都在眼里消失。

牟鱼想起了他的姥姥。

"姥姥"对他来说是个生疏的词，尽管念起来感觉亲近。他从来没有见过姥姥，在他出生前的一天，她为了打捞一件跌入河里的衣服而溺水。死亡与诞生几乎同时发生，后来，妈妈回忆起这悲伤与喜悦相交替的两天，总是心有余悸。

每个清晨，姥姥捧上一家人换下来的脏衣服到河边捣洗。这样的光景，自打她成为外公的媳妇之后，便从未间断，她太熟悉这条河，以及河边的一切——被捣衣娘的光脚丫磨得发亮的鹅卵石，被水牛啃得光秃秃只剩一段梗的野草，被老光着膀子的小弟重新筑了一次又一次的木板桥。也许就是因为太熟悉，因而有了轻视。那天她去河边去得特别早，住在河边的人家屋子还没亮灯。被人发现她溺水的时候，天才蒙蒙亮。

姥姥的溺水，成了牟鱼童年时最大的禁忌。妈妈始终没有克服内心的恐惧，直到许多年后，牟鱼离家很远，远离了妈妈的恐惧，才学会了游泳。有一年冬天，在北方的一个恒温游泳馆里游泳。温水，容易让人产生沉溺的幻觉。游了一圈又一圈，游至深水区，突然有一种前所未有的疲惫。身体不由自主地往下沉。并不恐慌，甚至不试图挣扎，任由自己往下坠，像一只已经无力脱离温水浸润的青蛙。透过潜水镜，他看到了泳池底的蓝色水光，逐渐地荡漾开来，幻化成许多银色的鱼，四散而去。那一刻的平静，前所未有，生死不过是一念之间。那一刻，他懂得了从未见过面的姥姥，她那时是不是也曾在水中看到过瑰丽奇异的仙景？

眼睛逐渐习惯了黑暗。牟鱼转过头去看叶瞳。她睡在对面床的下铺，脸朝里躺着，看不到她此时的表情，只看到她露在被单外面的背。

与最爱的亲人瞬间永别，在众人面前不动声色，心中的难过，却如四月杨树的漫天飞絮，纷纷扬扬。

与从未见面的姥姥相比，奶奶无疑更加亲近。牟鱼继续陷入对往事的回忆。

奶奶去世，是牟鱼亲眼目睹的第一场与自己息息相关的死亡。在弥留前，她呈现出衰竭的状态，气若游丝，不能进食，只能通过输液维持生命，似乎待药水滴完最后一滴她的生命便随之枯竭。家人轮流在病床前陪伴，他看着输液瓶里缓慢滴下去的透明液体，感觉时间是从未有过的漫长。她的脸深陷着，白发稀疏，露在衣袖外的手，已失去血色。这是她最后一小段生命，就像一棵瘦小的树，在山坡上，被风吹掉了最后一片叶子。

牟鱼仍然记得，被送去火化的奶奶的遗体，露在白殓布外的一缕白发，一直颤着颤着，似乎是她唯一仍然留恋着人间的部分。此时的叶瞳，正与若干年前的牟鱼，经历着同样的离别。

醒来的时候，天已大亮。隔着窗帘映进来的光，是晴天的日光。列车已经行驶了一夜，离沦陷于漫长雨季中的风城越来越远。

叶瞳已经起床。她把一头卷发梳成了两条麻花辫子。坐在床边，在一个本子上写画着什么。

牟鱼起床漱洗。从过道的车窗看到一大片黄灿灿的油菜花地。有一群白鸟在半空高低回旋。春天就在窗外，伸手可及。心头积压着的阴霾暂时被释放。牟鱼急忙漱洗完毕，返回自己的床铺，撩起窗帘，对叶瞳说："快看，这让我想起你上次回家路过的葵花地。"

"很美。"叶瞳往窗外看了一眼，轻轻地说。在她抬起头的时候，牟鱼看到她的眼睛是红肿的。

"你在画画？"

"不。睡到半夜醒过来，有了灵感，想给姥姥写一首歌。改了很多遍，还是不满意。"

"能给我看一下吗？"

叶瞳把她的本子递了过来。牟鱼看到有许多橡皮涂改痕迹的一页纸上，用铅笔写着这样的句子：

天黑前窗花染红了落霞

背对着你的夕阳突然丢失了光

向日葵长得不能再高

但还是够不着你的梦境

梦境触及不到的轻盈

慢慢慢慢变成泥泞

……

让一切暂停

停止想象中的远行

忘记时间

记住你的嘱咐

让一切暂停

直到尘埃落定

我不再离开

有一天，我会回到你身边……

歌词读不出低落的伤感，却读出了释然后的温情。牟鱼盯着本子上被橡皮擦拭出的痕迹发呆。橡皮擦得越多，留下的痕迹反而更多。

"嗯，还是觉得不够好。我要再改改……"

已经是正午。火车发出单调的声响，往前行驶着。离素镇越来越近。牟鱼依然记得叶瞳对它的描述，身历其境，温暖实在。

叶瞳说，她已很久没在春天的时候回过素镇了。素镇的春天也很干燥，偶尔下雨，但很快就会放晴。连绵地下雨是秋天的事。

在春天，各家各户的野孩子一个个出门疯玩，无须约定。没有在冬天掉光叶子的树上，藏着的不是小鸟，而是一个个把眼睛睁得圆大圆大的小孩。素镇的小孩们最爱爬树，有时候，可以在树上发现鸟巢，然后偷偷拿走几颗刚被母鸟孵得暖烘烘的鸟蛋，但更多的时候，不过只是一无所获地四处张望。爬得越高看得越远。这是小孩们一致笃定的想法。每个人在树上看到的都不同。她看到的，是远处一望无垠的棉花田。四月是棉花播种的月份，大人们从这个时候开始了忙碌。

"牟鱼，你还记不记得自己的童年？"叶瞳问。

小学，每年放暑假都要回乡下玩。

邻居有个跟我玩得很好的小孩，无论多高多滑的树他都能爬上去，满身长着瘤刺的木棉树也不例外，他爬得很高，然后摇落一地刚吐蕊的木棉花，一个一起玩的小女孩乐呵呵地提着一个竹篮子，一朵一朵地捡起来。木棉花晒干之后可以做药。橘城人喜欢拿它用水煎服，清热去湿。

在我家附近，有一个荒废了很久的院落，木门深锁。四面筑得很高的青砖墙，其中一面墙角，长了棵苦楝树。

那时我们都很好奇，屡屡试图爬进去探个究竟。大人们一直对这院落绝口不提，似是从前发生过些隐晦的、无法对小孩言说的事。有一次，我们终于按捺不住，决定通过那棵苦楝树爬进这个院落。我们都被那高墙难倒了，只有邻居的小孩勉强爬了进去。他进去了很久很久，我们以为他在里头发现了很多新奇的东西，都无比兴奋。但他从那棵苦楝树爬出来的时候却是一脸沮丧，他说，里头除了一层层腐烂的落叶和长得老高的野草，什么也没有。

叶瞳一直神色平静的脸上，依稀有了点笑意。她把话接过来说：

"远方。未知的庭院。那些新鲜的去处，也不过如此。但去过，心里就变得踏实。以前离开素镇的时候，也以为自己可以走得很远。但有时候我会想，可能终其一生，我只能从素镇出发，最后再回到素镇。"

说话间，火车进入了一个隧道。车厢在倏忽间重又进入了黑暗。听到耳边一直没有停止的火车摩擦铁轨发出的声响，这一次的远行，所走的路程刚好过半。

素镇 ╫

抵达素镇时已是深夜。叶瞳的舅舅到长途汽车站接他们，是一个朴素憨厚的中年男人，他与叶瞳用方言说话，牟鱼一句也听不懂，只能约莫从他们的语气中判断，似是在互相安慰。

他是我在风城最好的朋友，一直想来素镇瞧瞧。叶瞳是这样介绍牟鱼的。对于她这样的定义，牟鱼并没有觉得意外。

从气息古旧的长途汽车站走出来，走到一条黑漆漆的水泥路上。隔很远才有一盏路灯。路上行人稀少，两旁是高大的树木，有一种陌生的植物的气味。抬头能清晰地看到星星。这一路上，有一种奇妙的静谧与安定。

走了约莫二十分钟就到家了，姥姥独自生活了多年的家，一幢两层高的青砖房子，带了个种着不少植物的院子。四周寂静无声。叶瞳的舅舅已经提前在客房准备好被铺。毫无疑问，这亦是姥姥用她手织的粗棉布亲手缝制而成的，素静中透着家的气息。

叶瞳家的亲戚并不多，只有两个舅舅和家眷，所以并没想过要隆重其事地举行葬礼。但生前姥姥与左邻右里的关系极其融洽，大家已商量好要一起送姥姥一程。

　　第二天一早，大家从医院接出姥姥的遗体，送往火葬场火化。中间并没有任何拖沓累赘的形式。遵从姥姥生前的愿望，把她的骨灰撒到素镇的棉花田里。叶瞳抱着骨灰坛子一直不肯放下，直到大家再三劝告催促，方交给她的两位舅舅，由他们负责把骨灰一路撒进田里。两位面容平静的中年汉子，用手从陶瓷坛子里，握出一把骨灰，借助微风，缓缓撒在田里。

　　这天晴空万里，阳光已经隐隐约约有了夏天的灼热。牟鱼第一次走近刚播完种的棉花田，闻到新耕的田地透出的清新气息。这确实不是一个伤感的季节。现场除了几个跟生前的姥姥相交甚密的老婶婶偷偷抹眼泪以外，大家的情绪，包括叶瞳在内，都颇为平静。

　　姥姥留下的遗物并不多。除了她生前穿过的衣物，便是她的织布机，上面还有一匹没有织好的米色棉布。她生前所过的日子甚为朴素，因而并没有太多身后之物需要多作收拾。最后，舅舅交给叶瞳一个布包裹。

　　"这是姥姥留给你的。很久以前就听她念叨过，等你下次回来就给你。以为等你下次回来还要等上很久很久……"

　　布包裹打了个很结实的结，叶瞳好不容易才打开。里头放着一件叠得很整齐的粗棉布圆领上衣。款式很耐看，衣服的针脚很细，很仔细地看，亦找不出纰漏。另外，还有一只小陶罐和两个装东西装得鼓鼓的束口袋。小陶罐仍然用蜡密封了口，那是姥姥本要送给哑巴阿叔的瓜子。而束口袋里，也是两袋葵花籽，一袋是加入香料炒制过的瓜子，不用凑得太近便能嗅到香味，另一袋则是采摘下来之后并没有加工处理过的种子，每一颗都饱满圆润。

　　把这些东西捧在手里，一直很努力地克制着的叶瞳，转过身去。

牟鱼伸出手,停在她的肩膀上,拍了一下,转身走出了房间。

从二楼的阳台俯瞰,能清晰地看清院子里的布局。朝北向南的房子,院子的日照时间很长,适合种一些喜阳的植物。姥姥把院子的土地分成了两半,一半用做蔬菜地,用干竹篱搭起了瓜棚,瓜苗已经长得老高,牟鱼能分辨出,是南瓜和丝瓜。旁边还种了豆角、西红柿和茄子。另一半则是花地,种了月季、木槿、文殊兰、石榴树等,向日葵也长得有半人高了。这都是一些北方常见的、具有耐寒性的花草,春天刚到,已开始长出满枝的嫩叶。这些曾依着姥姥的性情成长的植物,如今将要经历一场考验。

"我想留在这里多照看它们一阵。"叶瞳不知什么时候从屋里走了出来,站在牟鱼身旁。

"也好。"

"我真不想它们在姥姥离开不久后便统统死掉。"

"我们可以把一些能扦插成活的植物剪枝,带回风城,试着把它们种活。"

叶瞳点了点头。

"姥姥是在那儿去世的。"叶瞳指了指屋檐下摆放着的一张藤椅,旁边还有一把小茶几,上面放着喝茶用的粗陶茶具。似乎一切如常。

"姥姥是南方人,年轻时一直喜欢喝茶。她还曾经试过在这院子里种茶树,后来发现这里的水土并不适合才作罢。她喜欢喝普洱,说这茶最耐喝,茶叶容易储存,放久了也不走味,越陈越香。在素镇买不到太好的茶,但并没有影响到姥姥爱喝茶的习惯。"

听着叶瞳说的,牟鱼记起曾经在一本杂志上读过这样一段文字,是对一个茶农的采访,大意如此:

　　一年到头，很少有空闲，每年二月采摘春茶，接下来，砍甘蔗、犁地插秧、种包谷、收割、采秋茶、修葺茶园；六个月采茶，六个月忙农活，依靠天意，天气不好便凡事打了折扣，风调雨顺时则忙个不亦乐乎。在经过好几道工序之后，制好的茶才流通出去，与喜欢喝茶的人相逢。

　　采茶人，生活方式、性情，约莫也跟素镇的棉农们相近吧。

　　牟鱼与叶瞳打算在素镇多待两天，然后返回风城。这两天，牟鱼陪着叶瞳到处走，去看她曾经与姥姥一起采艾草的山坡，以及小孩们最爱攀爬的大树，昔日的痕迹已无处可寻。如今，年少时的伙伴大多都离开了素镇。

　　素镇到处充满自然的气息。没有太多历史的痕迹，也暂时没有任何工业侵蚀的痕迹。它拥有自己的自然规律，这里的居民生活得悠然自得。每年，只有棉花收获的秋季，会有从外地前来采购的商人带来短暂的喧扰，除此以外，它便拥有纯粹的安静，与充满市井和烟火味的风城截然不同。牟鱼想，如果继续待在这里，假以时日，待真正与这地方融到一块儿去，估计就离不开了。

恩赐 ✦✦

从素镇回来的那天，风城是晴天。雨季终于到了尾声。

夏天刚开始。这样的夏天与以往并没什么不同。

"土星"在林骆恩的照看中一切如常。生意并无太大的起色。

林骆恩与叶瞳继续排练。"瞳－恩"组合正式组建，在"土星"进行试演，这是一场不对外公开的演出，来的人，有曹雨繁与吕荷西、慕容迦蓝。

晚上九点半，一切准备就绪。曹雨繁提前准备了几瓶自酿的葡萄酒，而慕容迦蓝则带来了刚烤好的杏仁饼干。

林骆恩抱着木吉他坐到高脚凳上，而叶瞳则站到麦克风架子前。隐隐便有了开场的气氛。

在此之前，从未听过叶瞳唱歌。她看起来很放松。

"第一首歌，名叫《水仙少年》。"林骆恩开始弹起了吉他。牟鱼仔细记下了歌词：

隐匿的马戏团王子

我看不见你的城市

晨光里锋利的忧伤

丢失在深蓝的夜

空城里飘荡着谁的歌

那散落的歌
骑木马继续奔跑

流沙里难建的城堡
会逐渐失去轮廓
水仙花绽开转眼已败
重叠了少年的脸

已经不能回来
雨淅沥，你别弄湿我的忧伤
继续流浪的少年
在那小巷逐渐消失憔悴黄昏

一朵枯萎一朵又开
时光凋谢如尘埃
湖里夕阳光湛蓝
蓝不过你的想象
你我心醉的狮羊
化了浓妆的小象
幕布后，我们已不是往日少年
再让我抱抱你
未知何时再相见
半空中鸟儿聚拢恋人告别

已经不能回来
从此后我会笑着为你祝福
一种荒凉的光线
一种世事沧桑变幻
你在远方继续奔跑木马温暖

歌曲旋律并不复杂,一气呵成,叶瞳写的歌词不负众望。来不及等林骆恩弹完最后一个和弦,大家便使劲地鼓掌。曹雨繁更是手舞足蹈。

下一首歌,叶瞳吹口琴开始了前奏,林骆恩以吉他和应。这是叶瞳首次在大家面前完整地演唱了她的第一首歌,《走过冬季的孩子》:

一个小孩跌入夏季积水的洞穴
水刚好没过他的脸
他没有挣扎
溺水有时候是美好的
能看到白云的倒影和一枚鸟声
还有长大之后自己的脸

一个小孩跌入春季化冰的湖水
有企鹅在身边游过
树熊仍在冬眠杜鹃仍在南方
雨季是肤浅的名词

晾挂在长出嫩叶的树梢上
像首抒情诗

一个小孩跌入诗人的怀抱
像跌入了软绵绵的云朵堆儿
他想起了父亲的怀抱
就在不久之前或过去了很久
他们如此亲近
可只是一刹那
一切都消失不见……

小品调式的吟唱，没有所谓的高潮，但却让牟鱼的内心暖流暗涌。这是一个新的开始，在叶瞳和林骆恩默契的演出配合中，他嗅到了让"土星"重焕生机的希望。

叶瞳和林骆恩每周两场的演出，逐渐获得了大家的关注。"土星"的生意也随之好转。

这天的午后，牟鱼和叶瞳正听着刚拿到的一张电影原声唱片《Into the Arms of Strangers》。歌里有不少儿童合唱，听起来无忧无虑。如果不是牟鱼早前曾看过这部电影，一定会误以为，这些用他听不懂的语言在唱歌的孩子们，不过是在吟唱着成长过程中小小的困惑和失落。但其实，这部电影讲述的是战后余生，那些带着小小的行李箱，被迫流离他方的孩子们，如何面对生活的残酷。专辑的后半段，明显要比前半段来得沉重忧伤。一直在叶瞳的怀里睡得很舒坦的牟小鱼突然以一种从未见过的惊慌失措，一跃而起，特别不安地乱叫起来。牟鱼和叶瞳同时感到了一种充满晕眩的晃动，下意识地联想到地震，这时便听到街上有人在喊："地震啊，大家快跑！"

这样的慌乱，只延续了短短的几十秒。很快，各大网站的首页，关于地震的新闻铺天盖地，毗邻的紊镇刚刚发生了大地震。很快，已有记者拍得了劫后的场景，照片里，全是倒塌的房子和被困于废墟中受伤的灾民。只是短短几秒钟之间，一个小镇几乎被夷为平地，不计其数的人逃之不及，纷纷被废墟所掩埋。

这时候，叶瞳接到了顾若纪打来的电话。把电话挂掉之后，叶瞳一脸担忧。

"顾若纪说，她昨天从央城出发，要去紊镇看望一个在当地支教的朋友。如果不是中途转车被延误，她此时此刻已经身处紊镇……但是，她并不打算原路返回，虽然她与朋友已失去了联系，如今不知安危，但她依然决定继续前往并且加入震后救援。"

"这时候去太危险了。并且很多道路正在封锁，她未必能够顺利到达。"

"是的。但是我无法说服她。她说要赶在道路封锁前进入紊镇。"

"叶瞳，我们能为灾区做些什么吗？"牟鱼一脸的关切，看了看她手上正拿着的唱片，想了想，"你觉得我们办一个小型义演，把所得全数捐出来救助灾民，如何？"

"嗯，我们把林骆恩叫过来，跟他仔细商量一下。"

灾难突如其来地发生，连日来，报纸和网络上，都是不好的消息，死亡人数一天天增加，倒塌的房子不计其数，一些幸存的小孩或老人无家可归，被安置在临时救护中心，他们陷入了一种伤痛的气氛里，让人难过。

经过极短时间的磨合与筹备，"土星"唱片店有了第一次也是唯一一次的"义演"。就算明知这样的行为微不足道，大家依然全力以赴。在四月底的一个夜晚，这场演出，成为了"土星"日后最为人记忆深刻的事件。

进入灾区的顾若纪，每天跟叶瞳保持着联系，说起充当志愿者参加救援的情况。她的那位朋友自地震发生之后便失去了联系，但她仍未放弃寻找。直到后来的一天，她亦在余震未了的素镇，彻底失去了音讯。明知道或会遭遇不测，依然继续前往，如果不是过于执著，也许结局截然不同。

Narcissus / 纳西塞斯 / 水仙少年 /

第六章　夏天

你们把夏天杀死了。

鸡矢果 ▲

四月的最后一天，叶瞳捡回来一只巴掌大的小黑猫，它带着一身洗完澡之后的清新香气，被叶瞳抱进了"土星"。正躺在椅子上舔毛的牟小鱼，带着警惕而好奇的表情，跳下来，摇着尾巴慢慢地凑近，凑过脸去，用力嗅了嗅，没有马上跑开，似是很乐意接纳这个陌生的同类。

"它眼睛好大。从哪儿弄来的？"牟鱼用手摸了摸黑猫的小脑袋，问道。

"我也不知道这小家伙是从哪儿冒出来的。从来没有在家楼下的小院子看见过野猫出没，有时候看着那些被修剪得很齐整的灌木，还会很纳闷，怎么就没有一只猫经过呢，天晴的时候，它会像邻居大婶晒被子一样摊开四肢晒太阳，下雨的时候，藏身其中，小心翼翼地躲避着雨水的入侵。就算无人驯养，也会自寻乐趣。所以今天我看到它，以为它是从别处专程来找我的。我看见它时，它正慢慢地朝着我的方向走来，看起来几乎不带一丝的迟疑，可是当我抱起它来的时候，才发现它满身上下都生满了脓疮。前面的两腿比后面的明显短了一截，是天生的残废。它柔弱地躺在我的手里沙哑着声音喊叫。于是，我就抱它回家了，给它喂牛奶与药片，给它涂药膏。它一直乖乖地待在我怀里，软软的，很放松，并没有任何惊慌。等它长大些，正好可以跟牟小鱼结个伴儿。"叶瞳说。

"如果是小母猫，就叫叶小瞳好了。它跟牟小鱼，一黑一白，天生一对。"

叶瞳瞪了牟鱼一眼，笑了一笑。

牟鱼又打量了一下眼前的小黑猫，这只看起来柔弱得让人以为会突然死掉的猫，眼睛是黛青与幽蓝的混合，深邃不见底。相比起身体浑圆的牟小鱼，它看起来真的很瘦弱。这个小小的不速之客，会不会成为"土星"里的永久居民？

转眼到了盛夏。风城的气温抵到了最高点，风吹到脸上，火辣、干燥。

叶瞳大口大口地喝着冰水，看上去无精打采，像唱片店门外被太阳晒蔫了的植物。她从背包里掏出了一本书。牟鱼看了一眼封面，是马尔克斯的《百年孤独》。他看过这本书，记得里头也有不少关于夏天的描写。

梅尔加德斯坐在明晃晃的窗子跟前,身体的轮廓十分清晰;他那风琴一般低沉的声音透过了最暗的梦幻的角落,而他的两鬓却流着汗水,仿佛暑热熔化了的脂肪……

叶瞳翻开其中一页,读了一小段。

"小说里的夏天,跟我们现时所过的,没啥两样。只是耳边没有'那风琴一般低沉的声音'而已。"

"牟鱼,你有过难忘的夏天吗?我怎么什么都记不起来了,好像每年一到夏天我就丧失了全部的记忆。"

"高考之后的夏天是最难忘的,担心落榜,考不上稍微像样点的大学,其实这样的担心,都是来自我父母的压力。"

"这样的夏天,是大多数人的经历,有没有更有意思一点的?"

牟鱼想了想。便想起了这样的一段。

有一年夏天,我回乡下过暑假。亲戚家毗邻的村落,村民们是以种果树为生的,跟着大人们骑单车走不远,就能买到各种水果,香蕉、芒果、荔枝、龙眼等,都是很常见的水果,但这些都只是配角,真正的主角是番石榴,当地人叫"鸡矢果"的热带水果。可能是因为易于种植而产量又高的缘故,这种水果就成为这个村落果农们主要贩卖的品种。通常,在午后,总有几个头戴竹帽的妇人,挑着满箩筐刚采摘下来的绿果子沿街叫卖,各家各户的小孩们便循着声音跑出来,各自拿出零用钱,三个两个的买走,也不洗,一到手就放到嘴里,吃得吧唧吧唧响。这种水果未熟透时有种青涩的味道,果肉颗粒很粗,不像其他水果那样甜美,但确实是当时我们一群小毛孩的最爱。

鸡、矢、果，这三个字的搭配很奇怪，毫无关联，但又有一种无形的韵律。

有一天，有个跟我们一起玩，叫汪洋的小孩提议，不要去买那种别人摘下的鸡矢果，要自己亲自爬到树上去摘了来吃。这听起来很痛快，所以这个提议几乎没有人反对，但也有人傻傻地犯蒙。在我们当中，并没有人家里种这种果树——亲自爬到树上去摘，其实就是偷。那个提议大家去偷果子的人继续说，如果被人发现，我们就马上跑走。不就是几个果子嘛，就算被逮住，也没有人会拿我们怎样的。事实上，这是每年都会发生在小孩们身上的小把戏，到别人的果园里偷果子，为沉闷的夏天增加一点小趣味。

于是，一群小孩，约在一个太阳毒辣的下午，趁着果农们在家里午休，便出发前往。除了我以外，几乎都是爬树能手，所以最后分配任务，我是那个负责把风，并把他们从树上抛下来的果实捡到网兜里的人。这个小把戏，可以说是屡试不爽，往往是在被果农发现，大家一起飞快地逃跑中结束。偷摘到的果子，其实跟沿街叫卖的，没有什么区别，只是那种少年式的冒险，给大家带来了一些蛊惑。

但这一天有点不一样，汪洋提议进行比赛，为偷果子增加难度，要比赛爬到最高的树上，用最快的速度去采摘最难触到的果子。

大家听到这个提议都很兴奋。小孩的好胜心很重，没有人愿意输掉。那天，随便选了一个看似无人看守的果园，便开始了这个比赛。我心里隐隐觉得不安，万一被人发现，爬那么高，要滑下来逃跑并不容易。但没有人理会这些，每人选了一棵树，等我喊一声"开始"，他们便一个个身手敏捷地往上爬。

　　大家都有点得意忘形，忘记了自己正置身于别人的果园，随时有被别人发现的可能。就在大家越爬越高，开始往下扔果子的时候，我听到远处有人大喊，你们在干什么？快来人，有人偷果子！

　　一看事情不妙，大家便纷纷往下滑，突然而来的慌张，让动作的灵活性大打折扣。而从远处跑来的脚步声越来越近。待大家差不多都跳下树来的时候，我们拔腿就跑，跑了一小段，有人突然发现，当中少了一个人，竟是最初提议去偷果子的汪洋。但是当时大家都有点儿慌了，都不想被人逮住，最后被家长拖到跟前责骂，所以也顾不上那么多了，大家继续往前疯跑。看到没有人追上，才逐渐停下脚步，一边喘气，一边哈哈大笑。在奔跑的时候，一直紧握在手中的网兜坏掉了，我浑然不觉，果子漏了一路，所以最后不过是空手而回。

　　这时候，大家才担心起那个没有赶得及从树上逃跑的汪洋。但这样的担心是短暂的，我们很快就把这样的担心抛诸脑后，各自回家，像什么事情也没有发生过一样。直到晚上，我从父亲的口中，听到了汪洋的事故——他一时惊慌失措，从很高的树上摔了下来，头先着地，当即昏迷过去，被果农送到医院之前，已经流了很多很多的血……他最终没有醒过来。虽然从一开始，提议一起去偷果子的人是他，但他的死，还是让这天一起同去偷果子的人感到惶恐不安。许多年之后，我依然会为这个一时贪玩所闯下的祸自责，我就像是那个夏天、那棵果树的同谋者，犯下落荒而逃所酿成的罪。

　　自此以后，每年暑假，我都只能留在城里，过着无聊透顶的暑假，这可能是一种惩罚。那年夏天因为一个无可挽回的意外而提前结束。

已经许多年没有回过乡下了，不知道毗邻的那个村落还种不种鸡矢果，还有没有人因为一时贪玩而闯下大祸……

"在素镇，偶尔也会发生类似的事。有人爬到很高的树上摔下来，摔断腿什么的，但从来没有阻止得了那些喜欢爬树的人继续往上爬。似乎爬到最高处，就能获得某种特殊的加冕似的。该发生的总是会发生的，没有人愿意失足跌落，但总会有人如此不理不顾……"叶瞳说。

"发生在夏天的往事，都是伤感的。夏天才是最伤感的季节。今年的夏天也一样伤感，它也注定难忘。"牟鱼说。

"对的，这个夏天什么也不缺，只缺'那风琴一般低沉的声音'。我期望这个夏天可以早点过去。"叶瞳继续翻着手中的书，埋头看了起来。

卖唱的骆驼 ▲

事实上，这一年的夏天与叶瞳的期望背道而驰，它的缓慢，是一只老蜗牛从一株牛蒡的茎部爬至叶尖又从叶尖滑落到茎部的缓慢，过程中，存在着不少的阻滞与变故。

牟鱼自小体热，身体仿佛一直在冒汗，黏腻、肮脏的感觉挥之不去。

林骆恩恰恰相反，他很享受炎热的天气与流汗的状态，一直把自己关在房间里写歌，据说连风扇也不开。他说这样的夏天才是真正的夏天,可以肆无忌惮地裸体,可以喝很多冰水,可以睡觉睡很长时间。夏天是容易虚度时日的季节,往往一件事,只做到一半,天就黑了。

转眼间,从林骆恩手中接过唱片店来经营已经整整一年。前半年,是牟鱼一人独力支撑,没有任何店铺经营的经验,完全凭感觉努力而为,这段时间店的状况时好时坏,大多数时间都很平坦,这是他企图心不足的性格使然。后半年,叶瞳和林骆恩相继回来,重新加入,之间一直没有涉及太多实际的分工和利益分配。但常常会觉得,这并非可长久持有的状态。叶瞳是朋友式的扶持,和牟鱼已经形成默契,但林骆恩回国后一直没有正式工作,虽然他从来没有提及这方面的考虑,但牟鱼觉得,该好好跟他谈谈了。

现在想来,那天跟林骆恩的争吵,似乎是不可避免的。牟鱼从来没有见过林骆恩动怒。

这一天,牟鱼才懂得了林骆恩骨子里的骄傲。

林骆恩穿着白色背心,趿着人字拖鞋,走进了"土星"。

一进门,他就大呼:"怎么店里的空调开那么大?你们把夏天杀死了。"

叶瞳瞪了他一眼,没好气地回答:"像你这种人,就该天天生活在沙漠。"

"我前世一定是只老死在沙漠的骆驼。"他一边说着一边把空调温度调高,完全不管叶瞳在旁边瞪眉怒目。

"大热天你们把我叫出来有什么紧要的事吗?"

"最近天气那么热,你都在忙些什么?"牟鱼问。

"我在写歌，自打回国后，我就一直在写歌。"

"除了写歌，你还在忙些什么？"叶瞳问。

"没有什么其他要忙的事了。怎么了？你们今天都有点奇怪。"

"那你最近有什么工作计划吗？别怪我多管闲事，这样没有收入下去，积蓄总会花光吧？"牟鱼试探性地问道。

"没事，我的生活开销非常低，所以不用担心，或者你有什么好建议吗？我是不是应该拿着吉他，找个地下通道去卖唱？"

"哦，卖唱的骆驼。"叶瞳在一边调侃道。

"我是觉得我俩，再加上叶瞳，可以一起把唱片店经营得更好。"

"三个人一起经营一家小小的唱片店？"

"我们可以用这一年来的赢利，多开一家分店。"

"牟鱼，你当初接手这家店的时候是怎么想的？是有打算把它发展成连锁经营吗？还是只是想把它做成喜欢音乐的人的聚集地？"

"我觉得，你确实需要重新投入工作。我们可以开一家分店，其中一家店侧重卖唱片，另一家用来做小演出。"

"我觉得这个主意不错。"叶瞳说。

"我不同意。"林骆恩的语气很坚决。

"为什么？这样有什么不好吗？"牟鱼问道。

"总之不同意，这样感觉有点变味了。"

"你回国之后，我发现你老是窝在家里很少出门，不知道你是在逃避，还是怎样。"牟鱼说。

"逃避，我没觉得需要逃避什么。"

"你不觉得，你出国前后的状态有很大的转变吗？当初，你解散乐队，不想参与商业演出，为的是能多花点儿时间来经营唱片店，现在，你的人回来了，可是，你那时那番干劲跑哪去了？"牟鱼说。

林骆恩一时语塞，半晌说不出话。

"我真觉得，继续这样下去，时间都被浪费了。"

"时间？时间本来就是用来浪费的。更何况，我没觉得现在的生活有什么不好。我还没有到穷困潦倒的地步。"林骆恩的语调中带着怒气。他站起来要离开。

"你什么时候变得那么固执？"

"谁要你管？"林骆恩瞪了牟鱼一眼，推门而出。

"我说错什么了吗？"牟鱼不置可否。

"你没说错，只是可能时机掌握得不对。我们试着慢慢说服他吧，别急，我们再多给他一点时间。你应该理解他的失落——之前他下定决心出国，把唱片店交给你，之后他回来，看见唱片店经营得有声有色，产生失落的情绪再正常不过了。虽然他一直都没说，现在你反过来要跟他合伙开分店，角色互换，他已经不是那时候的他，你也已经不是那时候的你。我想，他确实需要一些时间来适应。他很快就会明白，你确实是在为他着想，别无他意。他跟你一样，都是骨子里很骄傲的人，又怎会轻易为了生活放下自己呢？"

"可是时间就这样一天天过去了……"

"那就让它继续一天天过去吧。牟鱼，我们都太过在意生活的形式了。有时候无所作为也挺好，过程，都只是过程而已。"

"但是……"

"放心吧。他很快就会明白自己的处境。不必太担心。"

"好吧，但愿如此。我刚才看着他转身离开的时候，突然觉得，好像从来没有真正了解过他，这样的感觉很强烈。"

"从现在开始，重新去了解，也不迟。"

不告而别的黑猫　▲

黑猫叶小瞳大得很快，体积开始有了赶上牟小鱼的迹象。虽然它看起来很笨拙，也不是长着一眼便能讨人欢心的样子，但它还是获得了很多人的宠爱，包括唱片店的常客曹雨繁。她每次来都会带上大大小小的猫罐头，但奇怪的是，叶小瞳并不买账，每次一看到她出现，就会躲得远远的。

该死的小丫头。看我怎么收拾你。

曹雨繁每次都这样说着，把叶小瞳从角落里揪出来。被她牢牢抱在怀里挣脱不开的黑猫，眼里总是流露出无辜的神色。只要她稍一松手，便迅速地溜走。

看来猫与人之间，也是需要气场的。叶小瞳屡屡从曹雨繁的怀里溜走，但她并没有因此而受到打击，反而表现出誓不罢休的劲头。

今天收拾不了你，明天再收拾。我就看你还可以往哪逃。

曹雨繁故意装出恶狠狠的表情，用手指着落荒而逃的猫。到最后，她自己总是忍不住笑了起来。

　　然而，这天的曹雨繁，似乎有点心不在焉，进来后跟牟鱼和叶瞳分别打了个招呼，便开始闷头闷脑地在唱片架上翻起了唱片，把一张又一张CD放进唱机里，戴起耳麦进行试听。这和平日的她大相径庭，事实上，她每次出现在"土星"，总是如沐春风的样子，很少会让人看到她不开心，但这天却是例外。

　　叶小瞳这天正好溜出门去玩了。它最近迷上了单独外出，在下午出门，又在天黑前回来。而曹雨繁也似乎暂时忘记了它的存在。

　　曹雨繁突然放下耳塞，一副很沮丧的模样。

　　"完了，连听唱片也不能让我高兴起来了。"

　　"发生了什么事？想不出好听的鸡尾酒名字？还是跟荷西吵架？"叶瞳问。

　　"最近大脑是有点壅塞了，但这不是主要的症状。吵架也谈不上，我好像跟谁也吵不起来，但归根结底，确实跟他有关。"

　　"果然是跟吕荷西有关？"牟鱼搭腔说。

　　曹雨繁一脸的沮丧。

　　"你们说，一段感情太久了，是不是就会出现背叛？"

　　"难道你们之间……"牟鱼试探性地问。

　　"我的感情顾问慕容迦蓝说，背叛从来是感情的一部分，只是有人会承认，有人坚决抵赖。"叶瞳说。

　　"我自认在感情上很迟钝。很多事情我宁愿自己一直蒙在鼓里。如果我开始在意，这就意味着，所发生的事情，已经超出了我可以承受的范围。我开始觉得吕荷西变了，他自从把网吧关了之后就变化很大。可我也说不出这样的改变到底是什么，就是觉得他逐渐变得生疏了。"

"那你对他的感情呢？"牟鱼问。

"我这人吧，凡事都一根筋，决定跟一个人在一起，就很难跟他分开，时间越长，越难以割舍。最初跟他好上，是觉得他跟我一样，做事直接，喜欢简单地过活。但最近老觉得，不知道他在想什么，开始变得难以猜透。以前，他不太喜欢出门，尤其是夜晚，我去上班，回来，通常他是一个人自己关在房间里看电视。而最近，回家，推开门，发现他老是不在，打电话也接不通，而这个时候已经是深夜了。我总是不断说服自己不要胡思乱想。"

"你有没有尝试让自己在这段感情里保持更多一点理性，对你俩的感情做出好与坏两个清醒的判断。如果，他对你的感情依然如初，你过多的胡思乱想，反而会让这段关系滑向一个你所不希望发生的境地。如果，我只是说如果，他对你的感情真的已经变了，要离开了，这也是无法轻易扭转的。牢固的感情，不是一个人努力就可以换来的，他对你的努力袖手旁观，你所有的付出只是徒劳，假使你能清醒地认识这些，也就不至于最终太难接受了。"牟鱼一边整理曹雨繁刚翻弄过的那些唱片一边说。

"我也不是一个不理性的人，但这次，我真有点不知所措。"

曹雨繁叹了一口气。这是牟鱼第一次看到她叹气，他隐隐觉得，曹雨繁与吕荷西之间，即将面临一场很大的危机。

"不管如何，我还是爱他的。就算他确实已经做过背叛我的事，我还是愿意宽容，当一切不曾发生。"曹雨繁语气笃定。

这一天，曹雨繁怏怏不乐地离开了唱片店。

在曹雨繁走了以后，牟鱼算完了上个月的账。赢利并不算多，但在连续亏损了三个月之后，总算是有了起色。想起那天跟林骆恩在店里的不欢而散，心里涌出一些焦躁。关于开设分店，牟鱼想得很清楚，这件事情是可以仔细推敲和执行的，这样的合作，是一定要找志同道合之人的，除了林骆恩，再没有更适合的人选了。

而这一天，叶小瞳并没有在天黑前回来。它就像那次不告而别的叶瞳，无声无息地走掉了。不同的是，它这次的出走，最后却没有回来。在它的身上，牟鱼依稀看到了叶瞳的影子，他在那一刹明白到她跟它初见时为何一见如故，这也许是因为，他们在看见对方的时候，从彼此的身上，嗅出了自己的过去或以后。

过去了 ▲

空荡荡的地铁月台。隔着铁轨的对面，站着一个穿黑衣的男人，一直无法看清他的脸。地铁迟迟没有驶来。他听到了时钟的秒针分针滴答作响。

再也没有其他人了。寂静。不安。又过了很久，不知道从什么时候开始，身边突然站满了人。几乎是拥挤的。形形色色的脸，全都模糊不清。

忽然，听到了脚步声。牛皮底皮鞋踩在大理石上发出的声响。一步一步，离自己越来越近。抬头，看见另一个中年男人正向自己走来，隐隐觉得是一个认识的人，想喊他的名字，却又一直喊不出来。他一直走过来，在离自己很近时，脚突然离地，漂浮在半空。所有的声音都停止了。

隐约听到地铁要进站的声响了。

中年男人冲他笑了笑，又迅速转过身去，飞快地跨越候车黄线，纵身跳下轨道。

地铁呼啸而过……

这个梦不算新奇，但最近总是反复出现，应是具有某种对生活的暗示。林骆恩大汗淋漓地醒来以后，闭着眼睛思索，梦里那个跳下轨道的中年男人是谁。可是，无从忆起。

起床，洗澡。到楼下的报亭买了一份《风城日报》。这是每天生活的开端。

随意地翻开报纸。文娱新闻版有个女演员的剧照。她饰演一个传奇女作家，化妆后的脸，再加上一身旗袍，与他见过的女作家的照片，真有几分神似。

这个清晨，在这个演员的脸上，他读到了一段往事。

十五岁，他跟从妈妈搬家，到泪镇生活。这个南方古镇常年潮湿，空气中总飘荡着草叶行将腐烂的味道，狭窄的街巷，灰褐色瓦片屋顶，低矮的青砖墙房子，墙角总有一簇暗暗地生长起来的青苔，或者会有三叶梅艳丽地绽放，又凋谢。

记忆中的天空总是阴暗着，那些走近又走远的居民的脸始终缺乏清晰的轮廓。小镇交通不便，唯一与外界沟通的是一条常年尘土飞扬的泥路，有一个很小的车站，一天几趟的班车往返于这个古镇与其他几个小城之间。

他的家在漏斗街上，在他来到这儿的第一天开始，一直对这条街的起名有着莫大的兴趣，却最终没有弄清楚，它到底跟"漏斗"有何关联。紧挨着漏斗街的是烟囱巷，烟囱巷背靠一个巨大的废弃的工厂，有五根高高矗立着的烟囱，它们锈迹斑驳，暗淡枯朽，已经不会再冒出浓烟了。

泪镇有许多名字古怪的街道与弄巷，无论是漏斗街还是烟囱巷，都已破旧不堪了。唯一令这个地方带有生气的，是那条穿过了整个小镇、四季都清澈见底的胭脂河。一到夏天，这条河就会变得很热闹，各家的孩子倾城而出，把这条河搅拌出无穷的生气。

他经常在烟囱巷转角处的小书店来来回回。喜欢穿一双黑色的硬跟皮鞋，让自己的脚步声在巷子里一直回荡。

在一个大雨倾盆的黄昏，他走进书店避雨，随手从书架厚厚的封尘中抽出了一本书，一个女作家写的小说。尘埃在光线下漫舞，有一种特殊的气味，许多年过去了，这种气味至今似乎还能清晰地嗅到。

整个夏天，他一直在书店埋头看书，偶尔掏钱买走一两本。回家。在临街的房间的窗子前端坐。窗边，有在夏季开花，像烈火一样染红半边天的凤凰树。另一个房间里，妈妈用她古老的钢琴教镇上的几个孩子弹琴。反反复复地练习同一支曲子。很好听的曲子，但他不知道那首曲子叫什么名字，也从来没想过要向妈妈问个究竟。他从来不是一个好奇心很重的小孩。

有时候，他会靠在房门外的墙上，静静地听一会儿。朦胧虚幻的瞬间，光影变换。孔雀石一样蓝的天空。尖顶的教堂。寂静地燃烧着的蜡烛。跳跃着月光银色的光点。钢琴声响起，所衍生出的意象，繁复，瑰丽。房间里，由始至终的光线暗淡。

这样的十五岁。因为频繁地搬家，他始终没有什么朋友，但他也习惯了。

夏季很快就到了尽头。他和妈妈又一次搬家。从泪镇离开。回头，是那一株花已开到荼蘼的凤凰树，地上已经铺满了厚厚一层的红色花瓣。楼上的钢琴声仍在继续，那身穿一袭黑衣弹琴的女子和几个衣红穿绿、目光明亮的小孩，是不会随时间消失的影像。

后来有一次，他回了一趟泪镇，那里还是跟以前一样，没有多大的变化。只是，那些低矮的房子越发显得老旧了，胭脂河的河水依然那么清澈，河水在每个阴着的日子都似乎在孕育着一个奇异的幻觉与秘密，那是所有和青春、独享，以及幻想有关的秘密，它总是带着往事的痕迹，让人无法淡忘。

他点了根烟，走到窗边。

他很少抽烟，并没有烟瘾。

隔着百叶窗看天，这也是每天习以为常的时刻。

看着两旁种满了白兰花树的老街上骑着单车来来往往的人，他略微生硬地吞吐着烟圈。努力希望自己可以控制那些飘在面前的轻烟。抿起嘴，可以吐出一只蝴蝶，然后是一朵昙花，再然后是一支手枪，再然后是云层……烟飘散在周围，他被紧紧围住。事实上，他没有吐出任何幻象，只有一个个瞬时模糊了自己轮廓的烟圈，让他从生活中短暂地逃出，短暂地消失。当烟圈逐渐扩散，最后消失在房间里，而他又重现，仍旧站在他消失的地方。最后，他一遍遍地漱口，清除口腔里残余的那些辛辣味觉，并企图忘记自己曾经在那些幻象里快乐过。

快乐，有时候仅仅是烟圈消散式的短促。

夏天，很多时候，他就站在这扇窗的旁边，隐约闻到开得很纵情的白兰花香。他喜欢打开窗，就能看见绿色。凤凰树或者白兰。凤凰花，它不知道死亡，恣意地表现着自己的生命。白兰显得小气，它预知自己的死亡，只好用力耗尽生命里所有的芬芳，但心里不热烈不快乐，于是，盛开时，总混合着漫天的雨。

有时候，会看见有扎着头巾或戴着帽子的中年妇人，在商场的门口或天桥上，摆卖刚摘下来的白兰。只需花一块钱，就能买到一小簇用细铁丝扎好的白兰，回家用水泡着花茎，散发出一整夜的香，在第二天便彻底颓败。

他还记得，刚到凤城时，在一个大学门口淘碟而认识的小楚——每天拿着几个小纸箱摆卖走私过来的打口碟的少年。他总是穿着印有摇滚歌手图案的黑色T恤，脏脏的牛仔裤，背着一个大得夸张的背包。总是戴着耳塞，一脸不在乎地抽烟。

他是小楚的常客。每次来，他都会捧着一大堆唱片离开。这个叫小楚的少年身上有一种让他感觉熟悉的气味。他记得有人说过这样的话，有时候，某个人会一下子就吸引了你的注意。既不是因为你喜欢他，也不是因为他令你生厌，最大的一种可能就是，你们身上具有某种相似的东西，所以一见如故。

　　小楚常向他推荐一些欧美的另类音乐专辑，总是一边从纸皮箱里抽出CD，一边向他介绍这些唱片，如数家珍。有时候，小楚会把耳塞摘下来递给他，把挑好的唱片放进随身听，让他试听。两个人不说话，一起抽手卷的烟。小楚用一个锈迹斑驳的铁盒子装了满满一盒的烟丝，他说，这是老家自种的烟草，因为没有经过太多的加工过滤，所以味道很粗野。有时候，他会被呛着，弯下腰剧烈地咳嗽。小楚只是在旁边看着，有时候旁若无人地哈哈大笑，肆意中夹带着温和。

　　他们之间，有一份浅薄的信任，这建立于他们不长久的认识和一点点积累着的谈话。小楚完全不知道他的来历，可是，也从来不问及与音乐无关的话题。他知道，面前这个少年，总有一天会突然消失不见。这是他在风城认识的第一个人，甚至算不上是朋友。但是他们曾经一起说过很多受用的话。

　　在风城，一转眼，已过去数年。好朋友依然寥寥无几。但相处的日子越久，对彼此的影响也就越深。他用尽了所有积蓄，在隐秘的石头巷里开起的"左脑孤单"唱片店——似乎也曾是小楚在不经意间袒露出的梦想。

　　这，对于林骆恩来说，只是一段很短的时光。一晃就过去了。

　　如今，在林骆恩的心里，现在的"土星"已经不再是从前的"左脑孤单"，虽然牟鱼竭力维持着这家唱片店最初的纯粹，但自己最早的个人风格已经逐渐淡去，这个店，已属于牟鱼一个人的风格，当然，也加入了叶瞳的喜好，但那不过是锦上添花。要重新进入这个唱片店，似乎困难重重。他无法完全克服心里的莫名恐惧，似是无法跟一个人在一件事情上获得长久的和平相处。在过往不停的搬家中，他已经养成了不去跟谁轻易成为朋友的习惯。

好朋友，这层关系，其实是极其奢侈的，有时候甚至比家人更可靠，但只是有时候。

鸡矢果／番石榴／Psidium guajava／

第七章　浮生

气球/早餐/叶朵拉/遛狗的少年

而最终，

他们放弃了对彼此的寻找。

气球 *

牟鱼在风城的住处，是一套约四十平方米的老房子。

在五楼，坐北朝南的房子，早有了颓败的痕迹，墙灰剥落，赤色的地板漆被来来回回的脚步磨出了深深浅浅的印痕。朝北的窗外，是小区的庭院。满目的树。棕榈、蒲葵、柏树，还有银杏，银杏是他最喜欢的树种——在南方，能看到鲜明季节性的一种树种，到了秋天，满枝的黄，风一吹，脚下便是一大片的黄叶。在铺满落叶的小路上走过，不一定是伤感的，也有可能是喜悦。

这个城市，他有一个好朋友。她叫小卫。刚来风城的时候，住在另一个地方，小卫和他一起去买床单棉被以及琐碎的生活用品，一起收拾房间。他们会在周末见面，一起吃饭、逛街，随身携带着相机，一边走一边给她拍照。她喜欢拍照，许多表情在他的镜头下定格，跟这个城市融合得天衣无缝。

后来，他进了"新盒子"广告公司，收入稳定，便搬到了这里。小卫则因为工作的调动离开了风城。

那天，去车站送小卫。

小卫说，没想到，你来了，我却要走。你要好好生活，我有空就回来看你。

他点头。明知道有些告别，可能会比较长久，甚至是永久。便有了些伤感。

当初选择这个房子，完全是因为它朝南的阳台，阳台很大，可以晾衣服、种植物，或只是搬张凳子坐下来，看书、发呆。阳台外面，正是夏天，一棵古老的大槐树，树叶一层一层，绿意盎然。树叶总是被风吹得哗哗地响。阳光很猛烈，树影投射在阳台的墙上，变换着深浅和角度，是不会被风吹散的美。

刚到风城的时候，很少在入夜前回到住处，这样的习惯一直持续。在搬过来的第一个月，除了在公司间断地加班，就是在街上闲逛。没有人认识他。空旷的大马路有一种没来由的荒芜感。偶尔站立，一些灰尘"突"地包围过来——他有意无意地避开早早地回到住处。一个人的住处，显得陌生而冷清，他一直适应着这个城市巨大的空阔与独居的寥落感。

不知道什么原因，夜里总是睡不着。走下楼去。一直走。夜晚，车辆很少，宽阔的马路显得更空旷。在小区的不远处，有一个常把音响声量开得很大的咖啡馆，通常是一些老爵士或忧郁的蓝调。老远就能听到这样的曲调，经过的时候，客人总是少。他偶尔会进去坐，要一杯拿铁，一直坐到打烊。这个馆子里，除了有廉价而口味正宗的咖啡以外，还有许多的闲书。他偶尔会翻开其中的几本。《追忆似水年华》或《百年孤独》，都是一些年月久远的书，很久以前看过，却已经淡忘了内里的细节。他曾经在这个店里看见过一个女子。穿黑色衣服，神色索然。脸色总是苍白的，直发，而眼睛总是低垂或看着窗外。他喜欢这种具有神秘气质的女子，却并不试图接近她。许多时候，没有故事，比故事本身更耐人寻味。

有时候，他会走到天色发白，回寓所，冲凉水浴，然后，回公司上班。看着天空，从深不可测的黑暗逐渐变成了深蓝。这是一段缺乏睡眠的日子，不知从几时开始，又从几时结束。那种不安稳，慢慢地隐退，最后，他终于融入了这个城市。

转眼便住了两年多，从未有过要搬走的念头。还记得刚搬来的时候，房东谢信蓝跟他说，这房子反正空着就空着了，谁来住其实都一样，但是，我看你跟以前的房客都不同，直觉告诉我，你会在这里住很久。

谢信蓝是个举止优雅的女人，约莫三十来岁。每个季度来收一次房租，总带着一个五六岁大的小男孩。男孩眼睛很大，大得有点不合比例，他看起来不太活泼，总是紧紧拽着她的手，生怕一松手她就像气球一样飘起来。他们应该是母子，又或是另一种关系。谢信蓝从未提起。

在牟鱼眼里，谢信蓝也跟过去的任何一个房东都不太一样，至于到底有什么不同，却又无从说起。

有一次，谢信蓝独自来收租，没有把小男孩带在身边。这让牟鱼觉得有点不寻常。

每次来，谢信蓝都会坐在同一个位置，客厅靠近房间的沙发。牟鱼把提前装好房租的信封递给她，跟她寒暄几句，她便离开。她从来不会取出信封里的钱来仔细点算，总是看似随意地把信封放进手袋里，似乎这一点都不重要。

但这次，有点儿不同。她把信封放进手袋里之后，还是坐在沙发上，抽烟。慢条斯理，但看起来有点儿烦躁不安。牟鱼第一次看到她抽烟，留意到，她夹着香烟的手指，指甲涂了猩红色的指甲油，有别样的艳丽。

"你在这里住得习惯吗？"谢信蓝问。

"挺好的。一切都很舒心。"牟鱼回答道。

"从未坐下来跟你说过话，你一定觉得唐突。我抽完这根烟就走。"

"没事的。不赶时间就多坐会儿。我去泡壶茶。"

牟鱼泡了一壶铁观音。两个人的气氛，有些许尴尬。

只是一根烟的时间，却似是停滞了很久。

许多事情无从说起。

"小男孩呢，他今天怎么没有随你来？"牟鱼问。

"生病了，在他姥姥家。他身体一直不太好。六岁了，马上要入学。他跟其他小孩很不一样，我总担心他在学校里不合群，被欺负。"

"哦？"

"他从小就没有爸爸，没有人给他做榜样，告诉他如何做个顶天立地的人。有时候我觉得这是自己的过错……"

"很多事情都不在我们的掌控之中，是错是对，就随其自然吧。"

好一阵子的沉默。

"好了，我要走了。谢谢你，陪我说了这些话。"谢信蓝把烟熄灭，站起来要走。

牟鱼没有挽留她。他把她送出门口，又关上了门。

后来有一次，谢信蓝又是一个人来。

她独自在客厅里坐着，哭得很伤心。

牟鱼在一个小时前买的《风城晚报》上，看到她的照片和名字，一起出现在一则讲城中富豪风流韵事的花边新闻里，既隐晦，也清晰，但不过是她的私事罢了。

这绝不是她全部的故事。但牟鱼所知道的，就那么多。他把她独自留在客厅里，一个人走下了楼。回来的时候，她已经走了。桌上的烟灰缸，多了一堆烟蒂。

再后来，一切都似没有发生。

谢信蓝照旧每个季度来收一次房租，照旧带着那个五六岁大的小男孩。男孩长高了很多，照旧不太活泼，还是喜欢紧紧拽着妈妈的手，生怕一松手她就像气球一样飘走了。

早餐 *

　　住在牟鱼左边单元的，是一对中年夫妇。他们在小区的大门侧边，开了一家门面窄小的蒸包子铺。他搬来的时候，这店已经开了好些时日。生意一直很好，每天早上，排队的人总是很多。只是买几个包子，却需要排上很久的队，偶尔有人会为了插队或者什么而争吵，但吵吵嚷嚷的感觉很生活化，很有生活的琐碎气息。

　　牟鱼平日习惯吃西式早餐，黄油切片面包，或自己熬的蔬菜粥，偶尔心血来潮，才会下楼排队买包子。

　　牟鱼并没有从表面看出他们家的包子有什么特别，也是平常的肉馅、蔬菜馅，大小也跟别家的差不多，但是吃起来的口感就是跟别家的不一样。

　　他曾经很仔细地观察过，终于发现了其中的窍门，这家的包子，总是现做现卖，从来都不会在蒸笼里搁得太久，待一蒸笼卖完，再放上另一蒸笼去蒸，每笼包子所蒸的时间一致，不能蒸太久，卖多少蒸多少。需要排队，除了是因为包子受欢迎，还有另一个重要原因就是，从来没有多余的包子空置在蒸笼里，每个客人拿到手的，全是刚出笼的包子。

　　丈夫负责做包子，妻子负责卖包子。很多时候，看到的总是他不停用手擀面的背影，而她则一直笑脸迎人。

包子店每天天蒙蒙亮就开始营业，到了中午就关门。似乎很少遇着包子卖不完的时候，当然也有例外，牟鱼有好几次看到，男人把卖剩的包子，装在保鲜袋里，分给过路的乞丐。微不足道的给予，在旁人看来也觉得温暖。

虽然住得很近，他跟他们几乎没有说过什么话。大家的生活内容并没有什么交错的地方，又都是不善言辞的人，每次想主动说些什么，却总是欲言又止。

每天夜里，牟鱼从唱片店回家，在楼下，抬头便能看到邻居家的灯光，他们家的灯光跟别家的又有什么不同？只是与自己更亲近一些吧。

有一阵子，包子铺无声无息地关了门。习惯了每天一大早就来排队买包子却吃了闭门羹的街坊都有点纳闷。生意那么好的店，莫非倒了？

大家议论纷纷。

他们是赚够了钱回乡下去了吗？

他们是不是搬家了？

他们会不会发生了什么意外？

这铺子是不是租约到期，他们到别处谋生去了？

没有人知道这对中年夫妇的下落。牟鱼也觉得有那么一点不寻常，每天回来在楼下就能远远看到的灯光，不知道从哪一夜开始没有亮起。

也许，他们真的是搬家了，仅此而已。牟鱼很快就把这事放下了。在这个城市，总是有很多外地人，不停地搬家，来来去去，有时候也是身不由己。一家包子铺的停业，或一户邻居的搬迁，都不过是微乎其微的事，如同疾风里被卷走的尘埃。

但是，半个多月过去了，依然有人惦记着那间关掉了的包子铺，还是有习惯了来排队偶尔还吵嚷两句的人，经过这里的时候，久久驻足。他们会互相安慰着说，唉，再等等吧，可能他们两口子出了点小状况，过阵子就好了，过阵子再来，说不定又恢复正常了呢。

又过了半个多月，在大家都逐渐不再抱什么希望的时候，包子铺竟然又再次开张营业了。还是那对中年夫妇，他们照旧是那身装束，照旧是丈夫负责做包子，妻子负责卖包子。似乎一个多月来的空白，只是一个小小的错觉。他们根本从未离开，甚至，连他们身上所穿的旧衣服，上面的那些皱褶还是跟以前一模一样。

那天早上，可能是牟鱼有史以来看到的最多人排队的一次。看着那条长长的队伍，那一刹那间，他竟然有了深深的动容。一个小小的包子铺，竟有那么多的人对它不离不弃。于是，牟鱼也走过去排起了队。透过人群，看到男店主照旧不停手地擀面，而他的妻子在忙碌中照旧笑脸迎人。大家似乎从中获得了某种安慰。

失而复得。一切又恢复正常。

有人老问起他们，这一个多月的时间，他们去哪了？大家都一直记挂着。

男人总是笑出一脸的皱纹，连单眼皮的小眼睛也陷入到皱纹之中，然后耐心地告诉每一个人：

"走得太匆忙了，来不及告诉大家。我家闺女大学毕业了。我俩到她上学的城市参加她的毕业典礼，她用奖学金带着我俩到处玩了一下……

她马上就要参加工作，我俩也就回来了。"

大家都陪着他一起笑，都替他们高兴。

牟鱼想，这对卖包子的邻居，也许教会了很多人，何谓知足常乐。

他们只是普通人，比普通人还多了点缺陷。但他们得到了很多人羡慕的生活。

这是很多喜欢来买包子的人都知道的：丈夫是瘸子，妻子是哑巴。

叶朵拉 *

有很长一段时间，牟鱼并不知道右边单元住着什么人。他从来没有在白天碰见过谁。只是在半夜，失眠的时候，他能够听到钥匙伸入匙孔转动，然后，门开了又关上的声响。

通过深夜的脚步声辨认出邻居是个女性，高跟鞋在深夜发出的声响，显得如此落寞。除此以外，他一无所知。

后来才知道，住在右边的邻居，是一个舞女。很少能碰见她，每次见到她，都是衣妆浓艳。每周末，她在城里最热闹的歌舞厅跳钢管舞。这是大多数住在小区里的人都知道的，皆因她从来不会通过言行举止来掩饰自己的身份。她不是一个活在别人眼光里的女人。

有时，晚上，牟鱼刚回家，把灯点亮了，就会听见高跟鞋在门外响起的声音，她这时才出门，是晚上十点半左右。有时他到家稍晚点儿，就碰

著

着要出门的她，刚好打了个照面。也不说话，只是点点头，故作友好地笑一笑。

天蒙蒙亮的时候，女人才回来。穿着高跟鞋走过的声响仍旧很清脆，只是，多少有点疲倦拖沓。她从来不带男人回家。对于一个常年周旋于声色场所的女人，这多少有点不可信。但在这过去的两年间，牟鱼从未见过她放荡于众。

保持干净的人际关系，跟各种欲望与纠缠无关，最处境卑微的人，也有自己的原则。干净，就是墨渗入清水时的瞬间荡漾，能够在污浊处看清自身，墨依然是墨，水依然是水。

从事这样工作的女人，是注定被人看轻和误解的。但她对此满不在乎。

只有唯一的一次，牟鱼是在白天碰见她。一天中午，他在小区附近的菜市场买菜。如果不是她主动跟他打了个招呼，他是决不会认出她来的。

那时，牟鱼正低头从钱包里掏钱给菜贩，听到一个带点沙哑的女声在他身边响起。

"嗨，你也来这儿买菜？"

这是听起来很陌生的声音。他抬头，看到一个女人正把一捆青菜往手中挽着的购物袋里放。

完全陌生的脸孔。

牟鱼正感到迷惑，就又听到她说："嘿，我是你的邻居。"

卸了浓妆，穿着款式老旧的家居服，俨然就是每天为一家人张罗、忙里忙外的贤妻良母。

"哦……"反应过来的牟鱼，有点不知所措。

"爸妈今天从老家来看我，傍晚就到，所以就想着买点菜回家弄顿吃的，他们难得来一次。"

"要我帮忙吗？看起来挺沉。"牟鱼作势将她的购物袋接过来。她礼貌地避开牟鱼的手，又说：

"不用，谢了。我已经都买好了，自己可以拎，我赶时间先走了……对了，差点忘了说，改天有机会跟你学做菜……"

"跟我学做菜？"牟鱼一惊，感到有点错愕。

"老闻见从你家飘来的饭菜香，被馋着了，想着，哪天可以去你家蹭饭吃。"

"好呀，有空就来我家做客。"

"你真好，谢谢。"女邻居向牟鱼挥了挥手，转身走远了。

褪去了夜间妆容的女邻居，在日光下，脸色显得黯淡苍白，呈现出一种不真实的美。

她逐渐远离，似从未认识。

这天，牟鱼给自己放了一天假。下午在家收拾房子，突然想起曾经答应邀请女邻居来家里做客，于是，去按女邻居的门铃。

门开了，女邻居照旧穿着那套款式老旧的家居服来开门。

"我今天休息，所以过来问你一声，要不要来我家吃顿晚饭。"牟鱼说。

"哦？真的吗？哈哈，好的，我一直很期待。我换个衣服就过来，你瞧我这蓬头垢面的。"

"不着急的，你先忙，我先去买菜，你有没有特别想吃的？"

"你定就好了，我吃什么都行的。"

"那一会儿见。"

"一会儿见。"

黄昏的时候，女邻居来按门铃，她化了淡妆，穿了素色的连衣裙。这又是牟鱼从来没见过的她。如果不是之前对她衣妆浓艳的形象印象深刻，眼前这个气质不俗的女人，或者会更让人眼前一亮。

这天两个人的晚饭，牟鱼照旧做了几个口味清淡的菜，白萝卜焖牛腩、菜甫煎蛋、牛肉馅酿冬菇、姜汁炒芥兰、海带排骨汤。

"你厨艺真好，我好久没吃过这么丰盛的晚饭了，这也是来风城之后吃的第一顿有家的感觉的晚饭。我的味蕾早已经被泡面与快餐消磨得差不多了。"

"我在这儿住了两年多，很少有人来家里做客，平日也就一个人随便弄点吃的。吃饭还是人多些好，吃着热闹。"

"那我不客气了。嗯，这样好啦，以后我有空就过来蹭饭，当然，菜我来买……以前，我是试过对着菜谱学做菜，可是我发现做菜也是需要天分的，我就不行，切菜屡屡切伤手指或被烧滚的油烫伤。看着菜谱一直犯愁，不知道为什么'炒'还分成'生炒'、'熟炒'、'软炒'、'干炒'，而酱料，就有辣椒酱、甜面酱、辣豆瓣酱、芝麻酱、番茄酱等一大通名堂……"

邻居这样说着，把牟鱼听得直乐。他们边说边吃，两个住得很近的人，却一直互不来往，这是第一次那么近距离地说话。

"我们还一直不知道对方叫什么名字呢。我叫牟鱼。"

"我叫叶朵拉，哦，不对不对，你还是叫我纪盈盈吧，叶朵拉是我工作时用的名字。"

"好的，我知道了。不过我觉得哪个名字都无所谓啦，就是一个代号了。之前和我的一个工作伙伴，成天说起一些古怪的故事，编纂各种名字，张三李四的，哈哈。"

"嗯，你说得对。不过，我可能有点例外。我曾经对一个名字耿耿于怀，到如今都不能释怀。"

"哦？"

"嗯，叶朵拉，我的艺名，这其实是另一个人的名字……如果你有兴趣听，我可以告诉你这个名字的由来。"

"我猜，这个名字对你来说，一定有什么特殊的含义吧？"

"对的。这样吧，我先去把碗洗掉，然后给你说关于这个名字的故事。"

两个人边说边吃，浑然不觉已经把四菜一汤统统消灭掉了。

纪盈盈端了碗碟到厨房洗，牟鱼由她去了。他收拾好饭桌，烧了壶水，泡了壶普洱茶，从素镇回来以后，他就开始喝这种茶了。

纪盈盈从厨房出来，坐下，喝了一口茶。她的脸上突然浮现出了伤感的神色。

"有阵子，我真的很恨她。叶朵拉，是她几乎把我毁了。"

我相信，每个女孩年少时，都做过同一个梦。梦见自己穿着舞鞋，在舞台镁光灯的照耀中，跳出迷人的舞步。

有个女孩，从八岁开始，跳舞的天赋已经在大大小小的比赛中显露出来，于是，妈妈便把她送到专业的舞蹈学校学芭蕾。

她一直跳领舞。有时候是独舞。有好多年，她就这么心无旁骛地跳着。

那时，能够跳得跟她一样好的，只有叶朵拉。但无论叶朵拉如何努力，也无法超越她。叶朵拉相貌平庸，甚至是有些丑陋的，在那么多漂亮的面孔里头，她确实就是不折不扣的丑小鸭。

曾经，她们一起参加一个很重要的比赛，排演《天鹅湖》。女孩饰演纯洁的天鹅公主奥杰塔，叶朵拉饰演魔王的女儿奥吉莉娅。一正一邪，前者的角色较为讨巧，后者却是不折不扣的反派。她暗暗觉得，叶朵拉跳得比她更好。她是在用身体去跳舞，而叶朵拉，却是用尽她的全部去跳、去舞，似乎不能中途停下来，停下来，就会和角色一起死去。

叶朵拉沉默寡言，显得冷漠而偏执，从不试图与谁接近，也不讨老师欢心。尽管舞跳得很好，却从来没有人愿意给她一点掌声。

女孩一直对叶朵拉心存怜悯，尽管，她知道，叶朵拉并不需要怜悯。

她曾经用自己的零用钱，买了两双一模一样的粉色舞鞋，一双给自己，另一双送给叶朵拉。她用纸把这鞋包好，还系上了一条丝带。那天放学，她满心欢喜地把鞋递给叶朵拉。没想到，叶朵拉只是用眼睛冷冷地扫了她一眼，说，我不需要你的施舍，然后，头也不回地走了。

后来，女孩代表学校参加全国性的大赛。全校唯一一个参赛名额。她不分昼夜地在舞蹈室里练习。比赛日渐临近，内心却隐隐有不可名状的不安。双腿常常不听使唤地跳错舞步。

比赛前一天,叶朵拉约她在操场的一处石阶见面,说有话对她说。

她很早就到了约定的地点。时间一分一秒过去,在她开始感到纳闷的时候,叶朵拉带着一脸冷漠出现了。

"纪盈盈,你不配得到这个参赛资格,你根本不懂跳舞。"

"可这是学校选定的。"

"你可以申请退出。"

"我为什么要退出?我没有理由要退出。"

"被选去参赛的,应该是我,而不是你!如果你真的懂得什么是跳舞,那你一定很清楚,你和我,不在一个层面上。"

"叶朵拉,你确实跳舞跳得很好,可是你不知道,你的冷漠,你的嚣张,你的自以为是,不会给看你跳舞的人带来任何美的享受。"

"你不过就是长得比我好看而已,除此以外,还有别的原因选你而不选我吗?没有了吧?我真恨你!"

"叶朵拉,你简直不可理喻。"

纪盈盈转身要离开。

"纪盈盈,你该死……"

没等纪盈盈反应过来,瞬间就被摔晕了过去。

叶朵拉从背后把她从五米高的石阶上推了下去。

醒来的时候,她的双腿膝关节和踝关节高度受损。

纪盈盈丧失了参赛的机会,甚至很长一段时间再也不能继续跳舞了。

许多年以后,她才放下了怨恨,只是还会伤感。

是一直的仇恨还是只是一时的激动，促使叶朵拉对她下这样的毒手？她明知道，这样，会把自己也一并毁掉。

许多年之后，叶朵拉已经不知去向，也无从寻找。

许多年之后，纪盈盈又跳起舞来了。只是，换了另一个截然不同的舞台。

舞台从空中降下，又缓缓升起。第一次踏上这个舞台升降板的时候，她明显感觉到自己的紧张。在很长一段时间里，她以为自己再也无法跳舞了。

这是一家酒吧的舞台。平时，它隐匿在酒吧的中央。到了零点，随着音乐响起，灯光变得通亮的时候，舞台才会出现，继而出现她一个人卖力舞动的身影。

她记得，第一次，穿得很少，在很多陌生人面前亮相的情景。

她感到自己的脸烫得厉害，不断安慰自己，化了很浓的妆，一定不会有人认出她是谁。

这是她来到这座城市的第七天，她找工作找到这家酒吧。原来只是来应聘服务员，后来知道这家酒吧也在招聘跳舞的演员，抱着试试看的心态，她被录用了。

只是一个窄小的舞台。虽然她曾经受伤，也荒废了多年，但以她的功底，对于这样的舞蹈毫不费劲。只是，以接近赤裸的姿态在那么多人面前舞动，让她挣扎了许久。

她开始跳舞。没有粉色的芭蕾鞋，只有发着光的钢管。

每次登台前，她都刻意给自己化上很浓的妆。

很快，她便对此麻木了。面对一大片热辣辣注视着她的男人的目光，变得释然。不过就只是一场表演，三十分钟，然后落幕。

她轻易赢得了来看表演的人的大声喝彩。而接受这些喝彩的她不过是一个艳舞女郎。

她不想摆脱这样的处境。舞台，曾经属于她，以为已经彻底诀别，现在，又属于她。观众是谁，并不重要。

许多人，都记得她跳的舞，那独创的舞步。

偶尔，有人问起她的名字或者过去。

关于过去，她只字不提。而名字，大家都熟知，叶朵拉。

是叶朵拉间接把她推上了这个舞台，那么，她的舞步，理应属于这个名字。

遛狗的少年 ✱

遇到一个人，然后会想起另一个人。

两者之间，可能没有任何关联，但又或是互为倒影。

两者之间，不过是陌生人。

牟鱼还记得他以前跟叶瞳的对话，他问：

"怎样的人会让你觉得陌生？"

叶瞳说:"从未见过的,或者是那种虽然曾在面前出现过无数次,但后来却始终想不起他样子的人。"

陌生人,就是生活在自己视野之外的人。在这个小区,形形色色的人,拥有自己的生活,也许日常的经历,只是大同小异的轨迹。试图从中寻出若干的趣味,大抵只是枉然。

这就是生活,牟鱼来了风城之后的生活,很多时候,作为一个旁观者,从一个又一个陌生人的眼神与动作里,揣摸他们暗地里的生活,宛如微妙的偷窥。但是,真正能够深刻记住的人并不多,他算是其中的一个。他是每天早晨,牟鱼在楼下的中心花园看见的,遛狗的少年。

少年约莫十六七岁,头发理得很短,短得只剩发根,有张英俊的脸,总是绷着,不笑,让人觉得阴郁。他看起来无所事事、心事重重,并不快乐。他很像自己认识的一个人,又或是认识的一些人的综合体,是纪梵、是苏夏、是林骆恩、是吕荷西的倒影。这是一个没太大根据的比喻,可能纯属牟鱼的错觉。

狗,是一条只有三条腿的大白狗,跳起来有一人高,它喜欢伸出舌头喘着粗气,在花园的小径奔跑,偶尔停下来,盯着从身边走过的人看两眼。它看起来很快活,忧愁似乎都被少年占去了。

每次看到这只狗出现在花园里,牟鱼总是不由自主地多看它几眼,它缺了的腿,反而成了一个鲜明的标志。原来,住在这个小区里的居民,都很喜欢它,总是要喂些什么给它吃,有时是猪骨头,有时是香肠。可是,很多时候,少年并不领情,总是一手拉住系着狗的绳子,冷漠地走开,狗回头看了看原本已唾手可得的食物,发出呜呜的声音。久而久之,没有人再愿意自讨没趣了。

直到有一天，没有人再见到这条三条腿的狗出现在中心花园里。

接着，牟鱼就看到小区里，到处贴满了手写的"寻狗启事"。薄薄的一层纸，没过几天，就被风吹得七零八落。

偶尔，还是会看见那个失魂落魄的少年，独自在中心花园里踱步。

他看起来更阴郁了。

大白狗终究没有找回来。

寻人，寻狗，寻物。

寻自己。

而最终，他们放弃了对彼此的寻找。

Лебединое Озеро（俄语）/ 天鹅湖

第八章　河床

鸢尾/响尾蛇/过期罐头/禁果

孤独是条响尾蛇，

剧毒，

随时从隐伏的地方出现，

置人于死地。

鸢尾　§

曹雨繁生日，吕荷西送了她一束鸢尾。这是曹雨繁很喜欢的一种花。那天，他们一起去家具店买书柜。走过一座立交桥，她很兴奋地指着公路绿化带盛开了一大片的鸢尾给他看。暮色中，那种纯粹的蓝度显得模糊。她捧着他送她的花，步履轻盈，笑态隐约。

"我觉得，这种花，总是开得很绝望。"

"绝望?"

"不是吗?那么明艳的蓝,蓝到极致,无法自己。"

"雨繁,那你觉得鸢尾像在酒吧里跳舞的女孩吗?"

"哦,你怎会有这样的联想?我从来没有这样联想过。"

"在认识你之前,我曾经在住处附近的一家酒吧,看过一个女孩的表演。在她跳舞的三十分钟里,我的眼前,总是浮现出鸢尾的形象。似乎看见一朵鸢尾,在车来车往的路边独自开放,花瓣上有尘,却仍然掩盖不住它的光彩。她跳的舞,会让人有奇妙的恍惚感。"

"你把我说得有点动心了,不如,我们今晚去看看她的表演?"

"她早已不在那个酒吧里跳舞了。"

曹雨繁低下头来看手中那束鸢尾,脸上若有所思。她记起了那天在唱片店里,牟鱼对她和叶瞳转述了一个他的女邻居跟他讲起的故事。

故事里,也出现了舞女和鸢尾。

她从医院出来,一直不敢仰起头来看天空。她怕自己会突然在人来人往的街上摔倒,再也爬不起来。

这是第二次到医院做人流。男人对她说,你不要再去酒吧跳舞了,我们结婚吧。她信以为真。在她发觉自己怀孕的时候,这个誓言旦旦的男人却已消失得无影无踪。如今,她甚至想不起这个男人的模样。

她感到身体某处有伤口在隐隐作痛。

阳光一直炫目。如果是平日,她一定还会仰起头来,看看那片蓝得毫无杂色的天空。只是当下,她感觉到自己的身体摇摇欲坠,她没有足够的力气,去换取一瞬间的仰望。

她上了一部出租车。强忍着的痛。

车子驶过一段又一段路，然后，她看见了路边的一块草坪上盛开着一大片的鸢尾。

"能把车停在前面吗，麻烦你等我一下，我马上回来。"

车应声而停。

她推开车门，走近那块草坪。

这是她一直喜爱的花，那种要刺疼眼睛的蓝，像年少时怅惘的青春，像爱，像破碎。某一天，会悄然枯萎，而这样的蓝，一旦消退或暗淡，便将失去足以与意识会合的扩张能力。

她试图蹲下身子，摘取其中一朵。

痛。

她感觉到自己的大腿两侧又在流血。

她终于还是仰起头来看天。

是的，天那么蓝。

她重新上了出租车。从倒后镜里，她看到了司机的脸。她认得这张脸，没错，是他。可是为什么，那个曾经的白衣少年，已经变成一个开出租车的眼神冷漠的中年男人了？

他是她的第一个男人。

她爱上他，过程并不曲折。

她原本是在一个舞蹈学校学跳芭蕾舞，中途辍学了。因为被同学从台阶上推下来，腿部受了很重的伤，伤愈后，再也无法跳舞。除了待在家里，就是一个人坐车，到图书馆里看书。她在阅览室里常常遇见他。

她最先注意到的，不是他的样子，而是他一直穿着的白衬衫。她喜欢穿白色衣服的男生，显得格外干净。而他，把一件已开始泛黄的白衬衫穿得很好看。肩膀把衬衫撑出了硬直的线条。从侧面，可以看见他轮廓分明的脸，嘴唇的弧线以及浓密的眉毛。

她注意到他一直沉浸在桌面厚厚的书本上。是《追忆似水年华》，她看过那书。她一直静静地看他，有时候，他坐得离她很近，近到可以听到他的呼吸。有时候，中间隔着一些人，她只能远远地看他。

后来，她的心思都放在他身上了。她去图书馆，只为了碰见他。与他互不相干地共处短暂的一段时光。

有一次，她忍不住开始跟踪他，尾随着他离开，远远地跟着他。上公车。下车。继续走路。

她的行踪终于被他发现了。

"你为什么一直跟着我呢？"

"不知道。"

……

他们站在一个路口，久久地打量对方。

她第一次如此清晰地看他。眉毛。眼睛。鼻子。嘴唇。

她忘了羞涩，只顾着看他。

"你这样一直跟着我，就不怕我是坏人吗？"

"坏人也看《追忆似水年华》吗？"

"你怎么不去上学了？"

"有很多原因。"

"家里没钱供你读书？"

"不。"

……

他走过来，握住她的手。他的手很温暖，她感觉到自己的手在渗汗。

他们默不做声地继续走路。

他带她回家。

那是近郊的一所民居。

在他的房间里，他们笨拙地拥抱，笨拙地亲吻。只是亲吻。

亲吻过后，他们不再陌生。

他送她回家。

她一直不肯松开他的手。

后来，经过一家花店。

他问她喜欢什么花。

鸢尾。

他掏出身上所有的钱，给她买了一束鸢尾。

这束鸢尾让她很满足，她觉得自己开始爱他了。

他们一起去图书馆，一起读小说。她为他细微的付出长久地感动。

直到有一天，他突然从她的生活里消失。

没有人能够找到他。

像一座花费了年月去建筑的城堡，在风雨来临之前，突然坍塌，了无痕迹。

她又想起了另一个人。一个曾经给过她温存的男人。那是她在一家酒吧里跳舞时认识的。

她曾经在不同的酒吧里跳舞，邂逅不同的男人。她一直对这些男子心存侥幸，以为他们可以带着她走得很远。他们用私家车，载着她，去到不同的房间，她深知，他们带着她走得再远，也远不过一张欲望呻吟的床了。在沉寂的半夜，长时间的娱乐，她常听见肉体与肉体交欢，骨头所发出的声响。

他是她唯一带回住处的男人。唯一一次，她处于主动的位置。

她喜欢那个满脸络腮胡的男人，他让人感觉安全，样子看起来很可靠，身上有一种父性的温柔与包容。

某夜。她在酒吧结束了表演，正准备回家。外面下着雨，两个人，靠得很近地在酒吧的门口避雨。只要一下雨就很难截到出租车。

终于，来了一部出租车。

她看他。他也看她。

她笑。一手扯过他的手臂，把他拉上了出租车。

他外表看起来很粗糙，却有着光滑如丝缎般的肌肤。她的手一直在他的身体上游走。他顺从着她。

他并不说话，手忙脚乱地给她解纽扣。

她摸他的脸，微微发烫。

此时此刻这个身体紧贴着她的男人，在床上，毫无经验。

她推开他。他一脸无辜，有着欲望找不到缺口而产生的压抑感，还是不说话，背对着她穿好衣服，一声不吭地离开她的住处，为她带上了房门。

这是一个初春的夜晚，房间里依然渗着微微的寒意。她赤裸着靠在窗边看他离开。外面仍然下着雨。他一直往前走，最终，在她的视线里消失。

后来，她辞掉了那家酒吧的工作。

她再也没有见过他。

她后来开始厌倦了与陌生男人的纠缠，曾经产生过自杀的念头。

有一次，她用薄而锋利的刀刃一寸一寸深入手腕，有着冰凉的触感，用刀片割破的是左手。她的右手，从那些血迹中缓缓移开，松手，刀片无声无息地跌落在地板上，蓝色的烟雾从她的指尖处散去。

她赤脚躺倒在床上，洁白的床单，在瞬间被血染红。

最后，她不动声色地为自己包扎伤口，继续若无其事地生活。

"荷西，我问你，你老实说，你跟那个跳舞的女孩，后来有没有发生一些事情……"曹雨繁又看了一眼手中的鸢尾。

"我就是去看她跳舞而已。"吕荷西的语气里有那么一点不确定。

"真的吗？我完全不介意你的过去。谁会没有过去呢？我希望我们能够坦诚相对。我知道我们之间最近存在一些难以解决的问题，你开始学会对我隐瞒。"

吕荷西看了曹雨繁一眼，低下头，露出了痛苦的表情，他长长地叹了口气。

响尾蛇 §

出门前，吕荷西又照了照镜子。那面镜子，悬挂在一面墙上，与窗户相对。他走近镜子，前进一步，后退一步，让镜中的影像不偏不倚恰到好处。他的身体把窗外的景致几乎全遮盖住了，原本是可以看见窗外婆娑的树影和一小片天空的。

他的房间空空荡荡。每天起床以后，他总是先将窗户打开，让阳光或者雨水肆无忌惮地洒落进来，同时还有风声，清澈透明的清晨能给他带来一些想象。有时候，他什么也不做，就坐在靠墙的椅子上抽烟，蜷缩着，把自己埋在黑暗里，看着镜子里的光线，从上午到傍晚，一直变化，扩张或者收缩，时间，呈现透明的灰暗。影像一直在变。他独自微笑和忧伤。有时候，风很大，把树枝吹得很恍惚。阳光闪闪发亮，一群鸽子从优美的盘旋中四散开来，偶尔会让他感到天旋地转。

他用手整了整衣领，转身，轻轻把房门带上。

出门。经过一所小学的大门口。吕荷西住的地方与学校只是一墙之隔。从学校的教室里传来悦耳的童声，很整齐地合唱。这是他常常听到的歌。这首歌，给他留下过很多记忆。他总把脚步放慢，挨着墙体抽烟，待听完这首歌再走。有时候，他会想象教室里的情景，一个举止文雅的女老师，对着曲谱弹钢琴，几排学生坐得整整齐齐，专心致志地唱着他们没有认真去消化理解的歌。

他总是看见一只小鸟，在巷口的电线杆那细细的电线上，安静地待着，偶尔踱开细碎的步子，向前挪几步，向后挪几步。昨天，他也看到这样的一只鸟一直这样待着。会不会是同一只呢？他思忖着，并不深究。

穿过一条长长的窄巷，两旁是高高的墙壁，石灰大面积剥落，呈现出颓败的迹象。身体必须贴着墙体行走。脚下是一条石块铺成的路，因为日久年长，踩上去，某些石块会摇晃起来，发出空洞的声响。下雨天，会长出青苔，湿滑的路面一片阴沉。他有时候会抬起头，看看像一块狭长镜子的天空。这样的走路方式，很不踏实，会让他蓦然生出无依无靠的感觉。

小学门口，遍布了百味杂陈的店铺。一些火锅店白天都关着门，晚上却总是门庭若市，炒板栗与煎臭豆腐的气味弥漫在夜色之中，令这个地方常年充斥着一种特别的味道。

在每天不同的时间，他从这条巷子走出去，在深夜走回来。

有很长一段时间，他的日子就是从这条窄巷到另一条窄巷的距离。

晚上，他喜欢一个人去喝酒，那是他在石头巷开起了"Wednesday"网吧之前的事。穿着平底布鞋，沿着两旁长满杨树的路一直走，偶尔，他会去城里最热闹的歌舞厅。那里，总是充斥着酒瓶拔掉了瓶塞，扩散开来、醉人至心痛的气味。他融身于喧扰的人群之中，喝几杯酒，暂时的热闹，会得到某种微不足道的安慰。

每夜的高潮，是准时在零点出现的艳舞表演。一个小舞台从空而降。有光，从舞台上方照射在跳舞的女子身上。只是一个人的独舞。化了浓妆、身材高挑的女子，几近赤裸的身体，在灯光下泛着亮光，勾人心魂。空气中突然浮动出暧昧的气味。他的目光停留在舞者的脸上与举手投足之间。每次来，他看见的，都是同一个女子。他认得她。他一直试图透过她的浓妆艳抹，看清她原来的面目。

只是短短的半个小时，舞台徐徐降下，舞者退场，喧扰再起，人声叫嚣。

回寓所。淋浴。上床。关灯。这一系列的动作很少发生变化。有时候，他会有欲望。突然袭来的欲望，他打开淋浴花洒，在身体上溅起水花。浴室的光线极其暗淡，他就在这样的光线下，短暂地放纵自己的欲望。

上一次欲望到来的时候，他在浴室里自渎。精液喷射而出，他发现，喷射在墙体上的，除了精液，还有血。

他淡然地用花洒把墙上的血迹冲洗干净。穿好衣服，躺在床上。这是从来没有过的激烈。血从这样的角度，随着精液喷射而出，如此触目惊心。那么多年，他依然无法抵御得住孤独。

有时候，他会回想起那个令他的身体陷入一种疯长拔节状态的夏天。那个夏天，他身体的每一个骨节仿佛都会在静夜里，噼里啪啦地响，与此同时，下体开始了不寻常的膨胀。

闷热无比的夜晚，风若有若无。他光着身体，可以感觉到背上的汗一滴滴很重地滑过皮肤，往下淌流。他如常地做完功课，爬上了自己的阁楼。木板搭成的阁楼，窄得仅能容下一张窄小的木板床，只要在床上轻轻地转一下身，身下的木板就会嘎吱地响。靠床的墙上，开有一个小小的木框窗。透过窗，看见窄窄的一小片漆黑的天空。这样的天空，显得陈旧、呆板而且遥远。在这样一个寂寥得能听到自己的血液在脉管里涌动声的阁楼上，他一直睁大眼睛，注视着自己身体上不寻常的变化。

放在床边的风扇把蚊帐吹得波涛汹涌，他仰望着蚊帐的顶。依然觉得热。满脸满身都是蝌蚪一样乱窜的汗。后来，头发尖的汗顺着额角慢慢地往下，流到眼睫毛上，逐渐把视线模糊了。

有一晚，喝完酒，他被跳舞的女孩拽上了出租车，去了她的住所。

在黑暗中，她用钥匙打开了门。她领着他往屋子里走。他闻到了空气中有很浓的月季花的香气，这样的香气不知道从何而来。

这是充满陌生气味的夜晚。

他原以为这会是一个放浪形骸的夜晚。接下来发生的一切，都在想象之中，却又很不一样。他们做爱，但只做了一半，她停下来，不想继续。

她的身体很美，是极致的柔软。他无法透过她的浓妆艳抹，看清她原来的面目，他觉得，她是故意借此来隐藏一些东西，具体是什么，他说不出来。他回想起她的身体在歌舞厅的舞台上出现时，那种消失了羞涩的袒露，她并不以此为耻。

他还记得她的身体，皮肤光滑细腻。唯独在左手手臂上有一道明显的伤痕，有用针缝合的伤口。他吻着她的那道伤疤，仔细地，一寸一寸。舌头感觉到了那时的疼痛。

台灯的灯光有些刺眼，他看到台灯下飞舞的灰尘。他透过灰尘斜眼看了一下她。她的长发依旧遮着脸，阴影在她的脸上扩散。

后来，他离开了她的住处。他以为，回家，一觉醒来，他会忘记这一切。他控制着自己，尽量不再去那个酒气熏天的歌舞厅，尽量去忘记这个女孩的存在。直到他在一个酒吧喝酒,认识了为他调酒的曹雨繁。他还记得,她为他专门调制的鸡尾酒,有个气味浓烈的名字:情欲探戈。

生活,渐渐恢复如常。他似是真的,逐渐忘掉了该忘掉的一切。

孤独照旧如影相随,反复折磨着他。

有时候,孤独是条响尾蛇,剧毒,随时从隐伏的地方,置人于死地。

喝很大一杯水,躺在床上,睡眠,过渡到新的一天。

只是,他经常在半夜醒来,就再也无法入睡。

有时候,只是一个不速而至的电话突兀地响起,清脆的铃声把他弄醒。接。对方却无声无息地挂掉。知道他住处电话号码的人不多,或许只是一个打错的电话,或许,是找上一任租客的。房间的墙体上留着双人床摆放过的痕迹。他有时候会猜想他或她的身份、生活习惯。她和他夜夜缠绻,或者很早以前就已经同床异梦了。有时睁眼凝望窗外黑暗中的光影变幻,凭着一闪而过的意识的微光,才逐渐有了朦胧的睡意,然后继续浅浅的睡眠。

直到开始在石头巷里经营一家网吧,一切都变得不一样了。

网吧,由原来的一个游戏机室改造而成。自开业以来,吸引了不少在附近学校上学的学生,他们三五成群地到来。因为网吧开的地点比较隐蔽,逃学,放胆地沉迷,堂而皇之地豁出大把大把的年少时光。

灯光通明的网吧里整天烟雾弥漫,许多人的面目模糊不清。

夜里,跟许多人置身在同一个空间,眼前的人,沉迷在自己的世界里,不能自拔。他们盲目、简单,大抵没有什么值得让人深入探究的事。他们间接为他克服了独处的孤单。

那些曾经在石头巷里流传的，关于他的说法，大多都是经不住推敲的。他无非就是一个乏味的人，没有太多不凡的经历。

那天晚上，他抱着那个在欢场中认识的女人，曾经有过跟她说说话的冲动，想对她描述他童年的梦魇。关于过去，他从来没有跟任何人提及过片言只字，他以为，她会懂得。眼前这个浓妆艳抹的女人并不让人觉得不堪，她有一种莫名的亲切，在欢场中生存，一定也有过许多不为人知的艰辛。

很小的时候，父亲去世，母亲改嫁给一个开出租车、脾气暴躁的男人，他深知母亲与继父之间，并不存在爱。她一个人无力承担他的学费，唯一的办法是找一个男人来给她分担。他们的婚姻俨如一场交易。他给她的儿子交学费，她必须满足他源源不尽的欲望。继父经常喝酒喝得烂醉，然后，对他伸出他的拳头。母亲并不能保护他。他经常遍体鳞伤。他一心要考取一个远离家的学校，最后如愿以偿。他到咖啡馆、西式快餐店里做钟点工，做家教，借此来赚取学费，希望能够真正地让自己独立。总是盼着毕业的那天，能够养活自己，养活母亲，带着她彻底离开继父。

没想到，在他毕业前的一个学期，继父在一次酒后驾驶中，出了车祸，并被辞掉了工作，他也面临辍学的危机……加入帮派，参与斗殴，放逐自己，那一段时间的沉沦，确实是不得已。后来，母亲突然病逝，他得以清醒，用自己多年辛苦攒下的积蓄，开起了网吧。

相识一个月之后，吕荷西与曹雨繁正式开始交往，很快就住到一起。

两个人，都是夜间动物，他在经营一家通宵营业的网吧，她每天晚上穿梭在不同的酒吧里。他们在对方的身上，各取所需，努力维持着一份波澜不惊的感情。他们有过很多不为人知的快乐。他应该满足于这样的生活。

偶尔，他还是会想起那个跳舞的女孩，不知道是什么原因，她一直盘踞在他的内心，就像一种毒瘾，在某些时候，突然发作。

回忆，并不能如肉体那般微不足道。

过期罐头 §

空气浑浊的地下通道。镂空，分布在城市的各处。过了这个通道，就是不同的世界。浮华或者冷清，在这里显得微不足道。没有人去关心这些。风城，容纳着来自全国各地的人。许多地下通道里，常年游走着一些来历不明的人，走过去，走过来，或短暂地停留。有些人，也许一辈子只在这里出现一次。这里没有可以让人记住的面孔。除非，有人把不寻常的印记刻在脸上或身体暴露着的某处。

一个整整齐齐地失去了左手手腕以下部分的年轻男人，盘膝而坐，以残缺的左手扫弦，弹唱一些没有人听过的民谣。他的存在，勾起了一些人的伤感，或者怜悯，但更多的是漠然。

叶乔在一天里的某个时段，总会经过这个通道。

在走近这个男人的时候，她总是不由自主地放缓脚步，然后，掏出一元钱的硬币，放在他的钵里。硬币落在钵里，会发出当的一声响。然后，她缓慢地转身离开。

没有人会留意她的举动，甚至于弹吉他的男人本身。他的眼里，只有通道里令人目眩的混乱，耳边，也只有震颤摇荡的脚步声。有些人给他冷漠，有些人给他同情，有些人给他钱币。没有人会与他倾诉，一段与他相似的经历。悬挂在手臂尽头的绝望。

孤独的人身体内布满伤口。他需要温暖。他不需要任何温暖。

相遇，不过是一场偶然。

而错过，早已在内心发生过无数次。

通道里，都是一些显得廉价的存在。廉价的感动，廉价的温暖。有效期很短。

有一次，转身离开的时候，绕过嘈杂的人声，她终于听清楚他在唱什么：

我们都是过期的罐头，过了期就不值得保留。

高考前夕，叶乔才确切地知道自己患有色弱。她的眼里，青色的苹果是红色的，红色的葡萄是青色的。其实，很久前，她就隐隐约约地知道这个症状的存在，只是一直不肯让自己相信。她从小喜欢画画，甚至已经报考了美院的专业考试。她知道到最后一定无法在体检中过关，明文规定，报考美术专业的考生不得是色弱或者色盲。她的努力，终究只是徒然。可是，她依然报考了。填写的志愿一律是全国各地的美院。

她瞒着家人，坐了五个小时的火车，来到这个陌生的城市。

火车进入风城境内的时候，正是黄昏。那天有着明媚的阳光，车窗外的一切景象在迅速后退、消逝。白杨树挺拔于路的两旁，尽力向空中侵占，枝繁叶茂，使人想起茎管中汁液的催动。她觉得这种树是孤独的，无论它们如何体贴于彼此的阴影。夕阳的碎光在婆娑的树影中，闪闪烁烁。一个坐在靠窗的位置上的小女孩，一直很安静地往窗外张望，她的脸镀上了一层夕阳的光泽，五官干净小巧，间或眨着眼睛，察觉她在看她，便向她做起了鬼脸。一路上不错的心情，让她对风城产生了浅薄的好感。

那天，她考完了色彩，从美院课室出来。那组颜色斑斓、红红绿绿的水果静物，让她想起了梵·高。那个眼里有灼灼光辉，用可以撕裂一切的火光让天空燃烧起来的男人。她似乎可以听到他在对她私语。她没有按照常规的画法，给予它们对号入座的厚重光薄与色相，谁规定这个世界非得红是红，绿是绿，黑是黑，白是白？去你的红黄蓝绿，去你的色弱，统统给我滚蛋吧。

她从考场出来，走到街上，没有任何人陪伴。她背着画板，在完全陌生的城市毫无目的地见路就走，满街满巷充满听不懂的方言。与生俱来的格格不入。

她随着人流一直走进了一个地下通道。然后，她被一个人吸引住了，他和她之间，似乎有着一种契合。抡动手臂，与琴弦产生共鸣的男人。她甚至产生了一种无法拒斥的冲动，要坐在他的对面，从画夹里拿出笔和纸，用线条完成一种印象。后来，她放弃了这个念头。一张脆薄的纸，无法承载眼前的沉重。

没有人能够洞悉她内心的绝望，正如，也没有人能够用廉价的怜悯，填补他身体的残缺。

她在他面前走过。内心翻出许多个念头，一瞬而过的念头。

她想停留下来，哪怕只是一分钟，或者两分钟，走过去告诉他，一定要坚持，不能放弃。

于是，她真的走过去了，手指不听使唤地从裤兜里掏出一枚硬币。一枚打算用来坐地铁，离开这座城市的硬币。嘴，却说不出半句话。

她害怕自己的绝望得不到共鸣。

转身离开。

可是，后来，她又来了。一天。两天。三天。她在本要离开这个城市的时候，留了下来，只为了每天，从这里经过。

夏天，将要过去了。

直到有一天，她听到他在唱，我们都是过期的罐头，过了期就不值得保留。

她产生了一种错觉，她愿意相信，这歌，是唱给她听的。她也不过只是一个多余的，快要过期的罐头。

她转过身，再看了他一眼。

她知道，这是最后一次见他。

没有人会注意到她的举动，没有人知道她在想些什么。

她离开通道，走上天桥。

她看着天桥下的车来车往，有强烈的要纵身跳下去的念头。她又想起了那个卖唱的残疾人，她，又跟他有什么不同呢？色弱，注定了她不能继续往自己认定的方向走下去。她再也想不到，除了死亡，还有什么方法可以改变自己的宿命。

她在天桥上站了很久，咬了咬牙，终于转身离开了。

她突然想去找一个网吧上网，这个念头一下子变得很强烈，她要给一个网友写一封电邮。在她出发来考试的时候，他曾经叮嘱她说，注意保重，不要出任何意外。她想去对他说，她一切很好，考试很顺利……

半个小时以后，她走进了"Wednesday"网吧。

后来回想起来，她觉得，这是一个比自杀更加宿命的抉择。

禁果 §

五只苹果。

三只红色。两只青色。

它们用一只蓝色的瓷碟盛放着，下面铺了一条方格子衬布。背景是一只插着鸢尾花，质感粗糙的褐色罐子。

这是午后，画室里的一组静物。

离它不远，摆放着一个画架。上面有一幅尚未完成的水彩画。

叶乔站在窗边喝一瓶水。偌大的一个画室，空空荡荡，只有她一个人。

画室的门虚掩着。

她看了看手表，脸上现出不悦的神情，同时，流露出焦灼。

她继续走到画架前画画。却又用笔一遍遍把刚涂上的色块擦掉。

门被推开了，走进来一个男孩。

"等焦急了吧? 对不起哦, 我……"

"我不听任何解释。你老是许多借口。"

男孩走过去, 搂住叶乔。

"好啦, 别生气了, 我在路上耽误了时间——呵呵, 我看, 你画的苹果, 比真的还好看。"

"谢仲珩, 你就会贫嘴……"

看着叶乔一直沉着的脸上有了笑容, 男生乘机俯下嘴去亲她。

过了很久。他松开一直拥着她的双手。

"怎么老画苹果? 有什么含义没有?"

"没有含义, 想画就画了。"

"你画的苹果, 每一个都似乎隐含着一抹小小的光线, 我仿佛看到这样的光线在逐渐扩散、泛滥。"

"我喜欢画苹果, 画多了, 也就成这个样子了——不说啦, 我饿了, 我们去吃东西吧。"

谢仲珩和叶乔在一家餐厅吃完饭以后, 就到餐厅隔壁的电影院看电影。

电影的叙事背景, 是一个光怪陆离的城市, 有着相似宽窄程度的街景, 相似步伐的行路人。

最先出现的, 是一个破旧的电影院。每天, 这里上演几部电影。来看电影的人很少, 通常是一些刚到这个城市来打发一整夜无聊时光的异乡人，幻想开始一场美好邂逅的少年，有着秘而不宣的心事的落寞妇人等等。

他们在看同一部电影，并为情节所感动。

这是一个与流浪有关的故事。一个将自己封闭于城市一隅的孤独女孩，有一天，她决意要改变自己一成不变的生活，带着地图，走出了那个她熟悉的城市。她一直在寻找，但并没有人知道她要寻找什么。上车，下车。上车，下车。

她走到一片树林，从树林里走出一个男人，他是个守林人，其貌不扬，并且刚从监狱里出来。女孩和男人没有一句对白，女孩唯一说的话是用字幕表现的。她问路。他突然跑开去了，开始砍树，一棵棵地砍，直到他砍出了一条路，一直通向女孩。守林人砍倒的树的尽头有一道彩虹，路的尽头，树林里的树很直，彩虹很美。

女孩留了下来。最后他，她，还有他们的孩子，在树林的阳光下嬉戏。一直在她身后的某处跟随着她的，两位穿着黑色衣服的天使将冷冷的眼光移开，面露欣慰的微笑，转身走了。他们身后的那一道彩虹如此绚烂……

这只是其中的一幕。这部电影由几个这样的故事组成。彩虹，总是不失时机地出现在每一个故事每一个人物的背后，甚至他们同时滴落到腮边的一滴泪水也折射出太阳的光彩。

谢仲珩只记得这样的一幕。在他与叶乔走出电影院的时候，他依然回味着刚结束的电影，以致她在街上某个拐弯处与他提出分手，他都没有回过神来。

他看着她一步一步离他远去，想不到有什么合适的理由，会让她向他提出分手。

他看了看天空，它跟平时看见的，并无异常。

三月，苹果树萌芽；四月中旬，始花，四月底终花；六月中旬春梢停长；七月上中旬萌芽秋梢；果实于九月上旬开始着色；十月采收。

这是植物书里的记载。从花开到结果，这会让叶乔想起她读过的，关于亚当与夏娃的故事。

"王桐，你有没有做梦梦见过苹果？"

"从来没有。你呢？"

"我曾经做过一个梦。梦里，我回到童年。妈妈背着我，步行到医院看病。她背着我一直走，为了省钱，她并没有坐公交车。后来，我察觉到妈妈的背全湿了，汗透过她的衣服沾到我的手上，黏黏的，稠稠的。我一直记得。我讨厌上医院。讨厌打针。怕痛。怕吃药。所以，我希望妈妈就这样背着我一直走一直走，却始终无法走到医院。我还小，并不会因为这样的念头而感到内疚。我们走在人行道上。许多车在马路上奔跑。我看见了一辆装卸车的后座盛满了红苹果。那么多的苹果，无论我怎么数也数不清楚，到底一共有多少个，"叶乔顿了顿，继续说，"那辆车始终在我的眼前晃动。开车的司机也许喝多了酒，把车子撞到路边一根电线杆上了。车子歪到一边去，那些不计其数的红苹果从车的后座滚下来，滚得满地都是，像血一样鲜红。我和妈妈站在原地，看见许多人，涌上前去，纷纷争夺那些可爱的苹果。我想挣开妈妈的双手，跑过去，捡拾属于我的那一个苹果。我几次伸出手去，却什么也碰不到。妈妈的手很用力地把我束缚在她的背上，无法动弹，我只能眼巴巴地看着别人欢快的动作。远处的人影都扭动虚幻，如同海市蜃楼。夕阳消失在地平线的尽头。那些苹果每一个都有着一抹小小的光线，它们在我指尖就快碰着的地方闪烁，却又始终遥不可及。于是，我哭了，哭得前所未有的壮烈，直到梦戛然而止。后来，我反反复复地做这样的梦。梦里，我始终无法把握住一个苹果。而我一直在妈妈背上，这样走着，直到看见她已两鬓斑白。"

"叶乔，你的梦给我的感觉是，你的内心存在渴求，有短时间里无法达到的愿望。而你要做的，就是学会等待，带点幻想的等待。"

"王桐，你会等我吗？等我长大。"

"会的，我一直在等。"

"叶乔，我觉得你这段时间总是精神恍惚，画功也进步不大，心里憋着事情？"

"没有。只是最近，天气不好，光线变化得太厉害，我没有把光线把握好。"

"要不你尝试画画别的吧，别老是画苹果。"

"可是，我只对苹果起劲。其他的，都不入眼。"

"一味地沉浸于同一个物体，可是不对的。这样，会局限了你的表现技巧。并且，你快要考试了，如果考色彩静物，画的不是苹果呢？"

"王桐，如果，我万一考不上美院，你还会等我吗？"

"我相信你能考上的。有我辅导你，加上你自己的努力，要考上美院并不难。关键看你的临场发挥了。"

"我还是有点担心。"

"担心什么？"

"你真会跟她离婚吗？"

"先好好画画，别想太多，好么？"

"可是，我一想起这事情，就安不下心来。"

"我以前不是已经说过了吗？一切，都会顺利的。"

"好吧。你要一直记得你说过的话。说话要算话。"

"怎么会让你失望呢？放心吧。专心画画。"

叶乔在王桐的脸上轻轻亲了一下。然后，走到画架面前，继续画画。

王桐走到一扇窗前，抽烟。他的脸上有了若有所思的表情。

叶乔看着面前还没有画好的画，脸色黯淡下来。有些事情，其实已经了然于心，只是，他们并不愿意去揭破。

这段感情，从一开始就布满谎言，美丽到极致，却无法用力触碰。

几天前的体检，她被测出色弱。她没有把这个体检结果告诉王桐。王桐，是她的美术老师。

叶乔突然发现，她还没画完的苹果，已经有了腐烂的迹象。

还是那组静物。

五只苹果。

三只红色。两只青色。

叶乔走进网吧的时候，吕荷西也是刚刚到。

一个小时以后，他们爱上了对方。

3

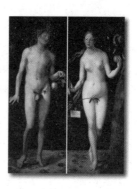

Forbidden fruit／禁果

第九章　河流

暗涌/爱情/不是爱情/永逝 ✳

就像一切没有发生过一样。

暗涌　▽

　　风城的近郊,有一个由荒废的清真寺改造而成的美术馆,六月中旬,叶瞳要在那举行一场个人画展。

　　这是牟鱼的提议,但也许真正说服她做这个展览的,是这个美术馆本身,它有一种日渐颓败却越发深不可测的美。

　　展览厅的外墙,有阿拉伯文字手抄的《古兰经》经文,局部用碎了的彩色玻璃镶嵌而成的大木门,内墙由白色瓷砖铺砌而成,而左右两边的墙体则粉刷了蓝色的油漆,油漆看起来已经粉刷过很多遍,有些已剥落,呈现出斑驳的痕迹。靠近天花板的位置,开着很大的玻璃窗,日间的自然光充沛地投射进来，能看到微小的灰尘在上下飞舞。

那是五月一个浮躁的下午。牟鱼和叶瞳偶尔路过这个美术馆，无端地变得心平气和。被许多茂盛而高大的树木围在中央的美术馆，只露出了灰白色的圆塔顶。风照旧很大，门前是一地的落叶。于是他们心血来潮地走进去看了一场画展。

美术馆并不大，不能同时举行多个画展。这时正进行的是一个名为"三十八种庆祝快乐的方式"的油画展。画家并不出名，但画作很出色，明静的色彩运用，看起来干净利落。数了数，刚好是三十八幅画。画里，由始至终出现同一个男孩的形象，他眼神忧郁，表情木讷，穿着不同程度的颜色鲜艳的上衣，握着一只垂头丧气的毛绒泰迪熊，走在缠满荆棘的丛林，走在寂静无人的小路，走在有热带鱼来来往往的水底，还走在荒诞的梦境……三十八个从现实过渡到超现实的画面，之间形成了一个无形的秩序。气氛中的凝重显而易见，所谓的"快乐"不过是层一捅即破的窗纸。

从美术馆出来，牟鱼在路边的小店买了两份蛋筒冰激凌，递了一份香草味的给叶瞳，她看起来很快活，嘴角沾上了白色奶油。牟鱼趁机提议她做一场画展。

牟鱼记得叶瞳曾说过，画画对她来说，一直是有限的呈现，她感觉画不出自己真实的生活景况，也画不出自己一直试图表达的对人生的恐惧。她有时候惧怕在自己还有很多想要完成的事情还没终了之前会突然死掉。害怕那种突如其来的终了。画画，只是一种力量有限的对抗，就像一个人走在寂寥的荒野，没有同伴，出口一直在很远的地方，走得筋疲力尽，两手空空。

　　"我读过梵·高的传记，里头的一章写到：梵·高的邮递员好友罗林看到他的一幅写生，之后作出这样的评价——你画的一切，像活的一样。梵·高回答说，没错，就算咱们离开了人世，它也将活着……是的，这也是你要去做的，叶瞳。尽力而为，就算最后无人欣赏，亦不是一无所获的，那些以时间和心力完成的作品，是一种巨大而完整的存在。"

　　"让我好好考虑一下。我确实也很喜欢这个美术馆，它有很强烈的包容感，让人觉得美好。"

　　"你的画，跟它十分吻合。可以想象到，当你一幅一幅的画挂在墙上的时候，那种彼此包容的感觉会更加强烈。"

　　一个星期以后，叶瞳告诉牟鱼，她决定用一个半月的时间去筹备画展。

　　美术馆刚好在六月中旬有十天的空档期。牟鱼连忙去跟美术馆的负责人把档期定了下来，然后和叶瞳去一个木匠坊配制画框。许多画廊的画框定制做工粗糙且款式陈旧，叶瞳便自己设计了一种木框，画好了图纸，拿到木匠坊加工，尽量保持木头的纹理与手工打磨的质感。画作被一一镶进了木框，木质香和油彩的味道融在了一起，有一种挥之不去的透明的美感。

　　进展顺利。转眼间，画展开幕。

　　画展的主题是"靠近光与寂静的河流"。一共展出四十二张布面油画，是叶瞳在风城花了三年时间所画。除了之前在"指尖以西"画廊里展出过的，还有最新绘画的，包括画给姥姥的《姥姥与向日葵》，画给在綦镇地震中遇难的顾若纪的《废墟上空的飞翔》，画给林骆恩的《看得见风的男子》，还有以石头巷为背景绘画的《失真少年》。这是四幅充满了纪念色彩的作品：手执一枝向日葵的姥姥，站在一个空旷邈远的背景中，微风轻拂，银发摇曳，逆光中的老人，有一种隔绝了时光吞噬的清净；顾若纪，牟鱼在叶瞳的画中首次见到这个神秘的女孩，她一头直发，穿着黑色的裙子，牵着一个红衣小女孩的手，高高地站在一片瓦砾之上，她的头顶有一片白云，在灰蒙蒙的天色中，异常明朗；画中的林骆恩同样挺拔俊朗，他手抱木吉他，从他修长的手指末梢开出了一丛丛的水仙花；石头巷纵横交错的电线，做缠绕状，缠住了一些面目模糊的少年——穿荷叶边绸缎上衣的红鼻子小丑，鸭舌帽遮住了大半张脸的纪梵，还有牟鱼——抱着一只大白猫，脸带羞涩表情的清秀男子。

叶瞳的画，整体是明亮的，可是，又分明能看到内里很多情绪的交织与暗涌。

展览的第一天，好友们相约而至，曹雨繁与吕荷西、林骆恩、慕容迦蓝，大家都早有默契。陆陆续续地来了一些参观者，有人久久站在这些画前细看，有人草草看了看便转身而去，透过他们的表情，看不出到底他们在画中看到了什么，读懂了什么。

叶瞳看起来很平静，脸上一直保持着淡淡的笑意。但她看起来有点心不在焉，有人走进来的时候，她总是抬头去看，然后忍不住流露出失望的神色。这都被牟鱼看在眼里。

"你是在等谁来吗？"牟鱼问。

"嗯。"

"我认识的？"

"方树佟，还有，我爸。"

叶瞳从来不曾提及关于父亲的一切。也许，这才是她最大的秘密。

"我刚才看到那幅《失真少年》，特别有感触，虽然里头没有出现我。石头巷很快就要彻底从风城消失了。我前两天收到确切的消息，这个月底，就要动工拆建。"曹雨繁走过来，叹了口气，说。

石头巷要拆。这个消息现在听起来没有那么伤感了，像石头巷这样的老巷子，在过去一年就拆了不少。对于迟早要发生的事，唯一可以去做的，也许就是尽快面对现实。

这时，牟鱼看见方树佟独自走了进来。叶瞳迎了上去。远远地，只看见他们在说话。叶瞳看起来有些沮丧。

这一天，时间过得很快。一直到闭馆，叶瞳的父亲，并没有出现。

十天后，叶瞳的画展结束。

几乎与此同时，石头巷在一片工业重型机器的轰鸣声中被夷为平地。

爱情 ▽

"父亲"这个词，使用频率仅次于死亡。我跟他素昧平生。我是由姥姥带大的，就像很多大人对他们的孩子所说——你是我从一个树洞里捡回来的。有很长一段时间，我对这样的说法深信不疑。我确实从没有见过妈妈，连一张照片也没有见过。把我生下来之后，她就离开了素镇，没有人知道她的下落，这是素镇上的人最避忌的一段往事。一个刚成年的女孩为一个偶然路过此地的男人生下了一个女儿，从她开始知道自己怀孕便一直希望这个男人可以把她带走，她等了又等，等了整整十个月，固执地要把孩子生下来。但最终他并没有来，他那时不过是偶然的动心，但在她出走后，他却来了，要把我带走。姥姥拒绝了，她甚至拒绝让他来看我。女儿的出走，是她一生里最伤心的事，但她并不痛恨这个男人。我成年后，曾听她不止一次地说——爱情是最没有办法的事，爱错了人，就算千错万错，怨不得别人，只能怨自己。

　　叶瞳对牟鱼说起这些，表情中并没有多少的激动。

　　"那天他没来，我看到你很失望。"牟鱼问。

　　"他是个生意人，每天都很忙，抽不出空来，也很正常。"

　　"你有跟他见过面吗？"

　　"没有，当初是因为他的缘故，所以我来了风城。姥姥生前一直希望我能跟他相认，虽然之前，她拒绝了让他把我带走，但内心也许还是觉得，等有一天我长大了，便可以去到他身边，像一家人似的，互相照顾。她总是那么善良，用时间原谅了别人对自己的伤害，以为很多事情都能获得完满的结尾。可是我一直没有去找他，凭什么我要去找一个连一面也没见过的人，并且，还要进入他的生活，还要装作很快乐。这么多年过去了，我自己一个人过得好好的，他也有他的生活，互相入侵对方的世界，未必是好事。"

　　"但是你还是希望今天能见到他来看你的画展。"

"我有告诉树佟要做这个画展,他当时就问我,要不要告诉父亲,我没有给他明确的答复。有些事情,我还是没有办法想清楚。"

"他是生意人,可能太忙,抽不出身来。人,总是有太多的身不由己。"

"好了,我承认,有期望过他能来,但没见着,也不会觉得是天大的遗憾。毕竟,我们都从未见过对方,见了面,也不知道会发生什么不愉快的事。"

沉默。

又过了一阵,牟鱼问道:"那,你从来就没有想过,在风城,能和另一个人一起过活?一个相互喜欢的人。"

"我对爱情缺乏信任,很难去理解和相信一个人的爱。牟鱼,你是我生活里很重要的人,相比之下,爱情没那么重要,它微不足道。"叶瞳说。

"爱一个人,有时只是一瞬间,过了这一刻,爱就不存在了,有时是一辈子的细水长流,我看着你慢条斯理地吃早餐,你看着我容颜一天比一天苍老。爱情,确实很多时候都不可信,许多人的爱充满了谎言与背叛。但这并不是爱情的全部。我欣赏内心笃定,坚信自己非爱不可,就算是飞蛾扑火也要去爱的人。他们勇敢无畏,就算相信宿命,亦毫不退缩。你有权选择继续活在姥姥亲手缝制的那层保护壳里,也可以选择破茧而出。"牟鱼说。

叶瞳叹了口气,表情若有所思。牟鱼的目光落在她的右手手背,那一处枯叶蛱蝶的文身,以及它覆盖着的那一道暗褐色的伤痕,他几乎已经忘记了它们的存在。

偏偏这时，她把右手递到牟鱼面前，说："你看，这就是爱情。我为一个人留下的记号。我始终没有彻底忘记他。"

那个夏天，那个暑假，过去很久了。我本来以为，再也不会向谁提起。

我一个人去到荻镇，在画室附近租了一个单间，那是我开始正儿八经地画画的日子。在画室里一起画画的人，把我算在内，刚好是二十人，男生居多。来自不同地方的人，带着不同的口音，听起来很有趣，尤其是一些说话语速很快的男生，说起话来像外星人，一句都听不懂。不知道他们为啥那么快就能成为无话不说的哥们，整天嘻嘻哈哈，很快活。他们当中，有这样一个人，无论样子还是画功，都并不算出众，但他有一种让人捉摸不透的气质，让人很想去接近去把握。

他就坐在我旁边，一直坐在我旁边。话不多。我对沉默的男生一直有某种程度的偏爱，他们用自己的眼神、手势、经历去说话。不说话的时候，也不是呆板与冷漠的，自有一种让人感觉亲和的气场存在。我有时候会偷偷看他画画，他很专注，画起画来，似乎眼里只有画布和所要画的东西。

荻城的夏天很炎热，蚊子很多，有时候，我看到蚊子停在他渗着汗的额角，一直不飞走，他却浑然不觉。

我们常常出外写生。

荻镇是个江滨小城，画室不远，就是堤坝。我们经常去画渡轮、搁浅的渔船、在江边卖海产的渔民。

男生们一到室外就开始变得放肆，脱掉上衣，挽起裤管，在江边疯跑，甚至玩起摔跤。他平时很沉静，但玩起来也是充满力气的样子，虽然平日说话不多，但和其他男生还是很玩得来。我喜欢看着他自然流露的微笑，发自内心的纯净与天真，很让人着迷。我还喜欢他裸在阳光下的身体，小麦色皮肤，很洁净，不是那种健硕的肌肉可以取替的性感。

有一天晚上，我们在画灯光作业。不知道从哪儿飞进来一只蛾子。我从来没有见过那么大的蛾子，灰色的翅膀，看起来很厚，没有任何花纹。

它飞进来，就再也找不到出路，在画室里乱飞乱撞。男生们开始起哄，有人提议，看谁能把它捉下来，送给画室里自己喜欢的女生。他们说到做到，一个个志在必得的模样。画室里顷刻就乱成一片，大家的情绪都很高昂。但那只蛾子飞得很高，没有人能够轻易够着。

"不如放过它吧，看着不像寻常的品种，让它飞走，继续繁殖。"他突然开口说话。"好吧，我们可以把它放走，但是，你要向我们坦白，在班里，你最喜欢的人是谁？"有一个男生接过话，其他人便跟着起哄。

画室里一下子静下来了。大家仿佛要看一出好戏开场。

"我喜欢她。"他用手指着我，确凿无误。

我一下子蒙住了。脸红耳赤。抬起头，看见那只蛾子已经飞到窗边，在关着的窗子上乱撞，我连忙走过去，把所有窗一一打开。蛾子扑腾了几下，终于飞走了。

大家开始不明所以地鼓掌，继续起哄。"好了，玩够了，大家继续画画吧。"他说，然后坐回自己的位置，重新拿起画笔和调色板。

我们后来就真好上了。在荻镇的江边，还有我租的那个单间里，有很多的回忆。

"后来，你们各自离开荻镇，就再没联系？"牟鱼问。

"不是。之后，一直保持着联系，有通电话和通信，在那年的寒假还见过一面。分隔两地的感情容易变淡，我尽了最大的努力，但也没有用。"

"后来的事情就不用多说了，我没能留得住他，就如当时，没有人留得住那只飞蛾。手上的伤疤不过是一时意气用事，有段时间自己老想起过去，所以跑去文了一只蝴蝶。"

"如果可以重新回到当时，你会不会选择只跟他做普通朋友？"牟鱼说。

"也许会，也许还是跟从前一样的选择。每个人都有身不由己、盲目去爱的时候，我也不例外，但那是从前的自己了。"

牟鱼再也说不出什么话来了，突然感觉有些伤感。他们一直保持着的关系，终于明了，并不是爱情。

不是爱情 ▽

上一回喜欢一个人，是什么时候，喜欢了多久，因为什么事情而分开。之间，有过多少快乐和忧伤——牟鱼都记得，轻浅，单薄，但不至于忘记。过程，大抵都是一些平淡得不值一提的小事。

也许，这就是普通人的爱情。还没有在一起的时候，会存在很多的幻想，真正在一起了，也就那么一回事了。

激情。承诺。甜言。蜜语。诸如此类。多一些，少一些，相比于时间来说，都太短暂了。

太短暂。往往还来不及把握，就已经结束了。

而终究还是会记得。

上一回喜欢过的人，是大三刚开始，在学校诗社认识的诗友。这个女孩，人如其诗，温和、恬静，没有任何多余的举动，喜欢穿很素淡的衣服，很少佩戴饰物，连发夹都很少用。牟鱼总喜欢坐在阳光下面的凳子上看书，远远地看她，几近于透明，像随时会在光线下遁走似的，很不真实。

诗社会不定期印制诗刊。牟鱼和女孩，都是诗刊的编辑，他做文编，她做美编，也并不是任何时候，意见都能统一，但他们几乎不曾有过争执。她并不是没有主见，但她总是会把自己的想法和观点，换一种方式，让你去知道，让你去采纳。

这样的女孩，没有办法去拒绝她，也没有办法让人不去喜欢她。她不会端出架子，拒人千里，就像始终不远不近地站在你身边的某个位置，等着你的表白。

一切都是顺理成章的事情，一起写诗，交换去阅读，提出修改意见。一起编稿子，做版面，一起吃饭，拿暖水瓶打热水，周末去看一场电影。或骑单车去一个离学校稍远一些的地方，撇开熟人，去做一些稍稍让两个人之间的距离更接近的事情。有很多不懂得如何去表达的热烈情绪，会在只剩下两个人的世界里，得到释放。

这样的关系，一直不深不浅地维系着。直到毕业。女孩坚持要回到家乡，在离父母很近的地方工作，她说，这样会让自己觉得安心。安心，似乎比他更重要一些。

而牟鱼选择了风城，只是因为，他喜欢好朋友小卫对这个城市的描述：

它不是一个让人瞩目的城市，没有显赫的历史，也没出过几个名人，也没有什么值得一说再说的事迹。它就是一个城市，普普通通，大家的生活都很安稳，你我会靠得很近，虽然彼此是互不相干的陌生人。

在风城，曾遇见过几个心存好感的女孩，但大抵都只是轻浅的好感，一旦再进一步，便很快发现，彼此的不合适。性情、爱好、想要的生活，都大相径庭。

直到遇见叶瞳，这个充满神秘和未知的女孩，似乎一切都变得不一样了。她跟从前任何的女孩都不一样，想要跟她在一起，跟所谓的激情、承诺、甜言、蜜语，诸如此类的东西毫无关系，就是想，跟她在一起。

但是，她很认真地跟他说，你是我生活里很重要的人，相比之下，爱情没那么重要，它微不足道。

牟鱼对这个坦白并不感到意外。有一瞬间的难过，但只是一瞬间。他的情绪很快就平复了，与此同时，他甚至体味到，自己内心一直隐藏着的，巨大的，冷漠。

永逝 ▽

有一天，牟鱼刚回唱片店，就收到了邮递员送来的一张明信片。明信片正面，是一张乡村田野风光的摄影，背面写着这样的语句：

"我在一处偏僻的山城，学着和农人一起种地。每天弓着身子，走过一片玉米地。刚刚发芽的玉米苗子，枝芽细嫩。用锄头除去挨着它们的杂草，再在上面覆一撮新泥，一些完好的稚芽，被我笨拙地掀翻。我丢下锄头，蹲着把它们一一扶好。下午的风，清爽扑面，尘土在空气中被轻轻掀起。朴素的生活，处处完美。"

是那个总是背着偌大的背囊到处历险的女人。她没有落款。但牟鱼认出了她的口吻。上一次，她离开之前，问他要了店的地址，说是以后每去一个地方，就要给他和叶瞳邮寄明信片。她果然说到做到。拿着这张明信片，可以想象得到，她在一个偏僻的地方，好不容易找到一个邮局，挑好了明信片，一字一句地写好，贴上邮票，然后寄出去的情景。

这张明信片无疑对一直筹划着要出门远行的人，造成了莫大的诱惑。叶瞳把明信片捏在手上，看了两遍，向牟鱼提议，在这个让人没来由地心烦意乱的夏天，把林骆恩叫上，一起去一场短途旅行。

前阵子和林骆恩的小争执并没有让大家的关系长久地陷入僵局。他最终同意了一起开店的建议。

"我们去旅行,那谁来看管'土星'?"林骆恩问。

"暂时停业。让它放个暑假好了。"牟鱼回答。

"好痛快。牟鱼,你果然不是个眼里只有钱的势利商人。"叶瞳拍手称快。

"好了,别只顾着恭维我。快想想我们可以去哪儿?"牟鱼说。

"你来定,我们听你的。"叶瞳说。

牟鱼还记得在"新盒子"工作的第二年,公司组织过一次小旅行,去的是离风城不远的暮缁山,偶尔会有一些城里的人开车前去度假,但那一带暂时还没有任何人工开发的痕迹,红砖墙农屋、茂盛的参天大树、素面朝天的村民、放羊的孩子、懂人性的小狗,还有养蜂人自家酿制的蜂蜜。

"我确信你们会喜欢这个地方。正好我也想再去一趟。"

"听起来确实不错,那我们几时走?"林骆恩问。

"明天就走?"叶瞳接过话。

牟鱼点了点头。

第二天天一亮,大家就出发了。叶瞳带了画架和一箱子画具,林骆恩带了吉他。牟鱼带上了牟小鱼,在叶小瞳失踪之后,它已经有很长一段时间显得无精打采了。

坐了四个小时的大巴,然后徒步走了约莫四公里,在手机彻底失去信号的时候,他们到了暮缁山脚下。走过一段不算崎岖的山路,便看见建筑在山上的村落。已经是盛夏,映入眼中的一切,全是生长得葳蕤疯狂的植物。

牟鱼向叶瞳和林骆恩指了指村口一株绿叶婆娑的梨树。

"上次来,是早春。这株梨树开了满枝的黄花,非常好看。风一吹,树下便铺了厚厚一层落花。"

"刚才在山路上,看到了很多长得很好的野蕨,我记得有一次去旅行,在一个小餐馆里吃过这样的蕨,没啥比它更美味了。"叶瞳说。

"我们要先找个农家旅馆住下来,放下行李,再到处逛逛。"林骆恩提议道。

牟鱼凭着记忆,找到了上一回来住过的那一户农家旅馆,刚好,女主人在家,没想到,她还记得这个两年前曾短暂停留的过客。她说:"上次你们走的时候,忘记了问声,你们有没有玩好……"

她接过行李,带他们去二楼的房间。房间打扫得一尘不染。被单看起来很新。床边木桌上的陶罐里盛着一束粉红色的野花,正散发着清新的香气。推开窗,窗外是很高的龙眼树,树上结了一串串果实,再过两个月就可以采摘。

"花开得真好,是有客人刚走么?"牟鱼随口问。

"没有。最近天气不太好,老是下雨,来玩的人不多。我们这啥都缺,但野花野草很多。我去地里干活,习惯路上顺手摘一些回来,养在罐子里,开很久也不谢。房间空着容易有气味,所以用花香冲一冲,也不知道你们今天要来……"

女主人朴实好客,把他们安顿好,就去忙着做午饭了。

叶瞳说,从走进这个房间开始,她便爱上了这个地方。几天后,她开始画画,最先画的便是这个弥漫着花香的房间。

午饭是几道味道清淡的农家菜，蘑菇烧鸡、炖土豆、腊肉炒豆角等。大家都吃得津津有味。

从旅馆的屋后多走几步，就是田野。走过流水叮咚的小山涧，可以沿着田埂一直往山里走。山路边，是篱笆围合着的菜园。一地新鲜的蔬菜，肥硕翠绿。田边，有一株很大的桃花。牟鱼听这里的村民介绍过，这是山里最古老的一株桃花，不是名贵品种，但枝干与花朵都生长得很均匀，每年三到四月间，总是满枝头粉红色的重瓣花。有雾，在山的远处弥漫。

"叶瞳，这里是不是跟素镇有很多相似的地方？"牟鱼问道。

"这儿南方的气息浓重，潮湿燥热，更有生命的气息。"叶瞳说。

"阳光再猛烈一点就好了，我有脱光衣服在山路上奔跑的冲动。"林骆恩说。他这样说着的时候，阳光其实很强烈，在山路上走了一段路之后，裸露着的手臂，明显有被阳光灼痛的感觉。

转眼间，太阳下山。晚霞染红了半边天。他们走在山路上，叶瞳和林骆恩哼着随口编的歌，一唱一和，如被人荡起来的秋千，一高一低，有着不规则的弧度。

到了晚上，山上的气温一下子降下来。他们在农家旅馆的院子里用干木柴燃起了火堆，围着它，坐在小板凳上取暖。柴火忽明忽暗，刚烧过的木柴有一种特殊的香气，偶尔发出噼里啪啦的声响，有时候突然溅出一串琐碎而明亮的火光，在黑暗中，艳丽异常。叶瞳和林骆恩的脸上被火光映衬出温暖的表情。这样的夜晚，让人觉得安详。

后来，林骆恩从房间里拿出了吉他，在火堆边，与叶瞳弹琴唱歌。是即兴编的歌谣，他们唱唱停停，把牟鱼听得恍惚而着迷。这样的夜晚，与风城的夜晚截然不同，很像法布尔在他的《昆虫记》里所写过的：

　　人们今晚在镇上欢度国庆。顽皮的孩子们，正围着一堆快乐之火蹦蹦跳跳，火光影影绰绰地映在教堂钟塔的钟面上。"扑叭扑叭"的鼓声，给每束火焰增添了庄严气氛。我独自一人，躲在黑暗的一角，置身于晚上九点时已颇显凉爽的环境之中，倾听着田野的节日大合唱，这是庆祝收获的欢唱。这种节日，比起那正在村镇广场上由火药、燃柴捆、纸灯笼乃至烈性烧酒所欢庆的节日来，可要庄严壮丽得多，它透现着美所固有的朴实，显露着强大所固有的安宁。

　　柴火渐渐地变暗。三个人都不怎么说话了。刚才还说说笑笑的气氛，一下子不见了。

　　"牟鱼，骆恩，你们，有没有想过，日后自己的死亡？"

　　"想过，"林骆恩接过话来，"有时候会觉得恐惧，每天如常地生活，突然有一天，就要终止。我有时候会想，到了必须去面对的那天，肯定会有很多不舍得。除非，我在死亡前已经足够冷漠，凡事都看得很淡了。但是这一天，似乎还特别远，我不愿意太多地去想。"

　　"你呢，牟鱼？"

　　"记得大学时，写诗，有几个喜欢的诗人，都以自杀终结生命，那时不太懂，何以他们要早早结束这一切。似乎才刚刚开始，有自己的生活要过，有自己的诗句要写，好好的，一切都好好的，但突然就终结了。我曾经为这个问题困扰了很久，翻看过很多书，里头有他们的生前好友，揣测和分析他们的死，但我并不认同于任何一种观点，一个人的死，就是对自己的了断，可能是厌倦，可能是绝望，不崇高，也不低微。后来就想通了，其实每个人都有一个极限，有人过得了，有人过不了，仅此而已。"

"有道理。"林骆恩点了点头。

牟鱼继续说："有一次，约了同事在一个西餐厅吃晚饭。外头下着很大的雨，同事迟迟没有出现。餐厅里人很少，坐在我对面的，是个穿衣讲究的男子，有一种轻易就会引起人注意的气质。他低着头，慢条斯理地吃着东西，娴熟地使用着手中的刀叉，如同一场表演，他似乎整个地沉浸在这顿饭里了，专注、投入、享受。我就这样看着他吃东西，完全移不开自己的视线了，我甚至开始期待，看他吃完，放下手中的刀叉，整理一下衣服，推开凳子，再把它推回原来的位置，然后转身离开……可是，意想不到的事情发生了。"

"哦？发生了什么？"叶瞳好奇地问道。

"快往下说，别卖关子了。"林骆恩说。

"他放下了刀叉，还用餐布抹了一下嘴。整个吃饭的仪式进行完毕。然后，他侧身，在黑色皮包里拿出了一样东西。我以为，他要结账离开了。可是，他拿出来的，不是钱包，是一根针管。他依然是不慌不忙，把针口插入了自己的手臂，转眼间便注射完毕。在我要喊出声来之前，他已经趴倒在饭桌上了，拿着针管的手，软软地垂下。在他附近的女服务员已经吓得面容失色，只听到她喊大家快来，这有客人出事了……餐厅里乱成一团，餐厅的工作人员慌成了一团，有人跑去打急救电话，有人过去轻轻拍着他的肩膀，喊着先生，你没事吧，你没事吧……很快，听到了救护车的声响，几个急救人员走进来，迅速把他搬上了担架。那个最早叫喊起来的女服务员，看着车开走，捂着嘴哭了起来，其他人，还没有从突如其来的意外中反应过来，都是一脸的沮丧和恐惧。我也已经没了主意，完全想不到，一个如此吃着晚饭的优雅男子，会突然用这样的方式结束自己的生命。他那么认真地、充满敬畏地，吃完一顿晚饭，谁料，这是他给自己设定的，最后的晚餐。"

"这是我听到过的，最悲伤的故事。"林骆恩叹了口气。

叶瞳低着头，似有所想。

夜慢慢地有点凉意了。柴火也差不多要熄灭。

"如果有一天，你们找不到我了，那，就是我死了。"叶瞳站起身来，说，"好了，去睡觉了。晚安。"

目送着叶瞳走开，牟鱼和林骆恩面面相觑，牟鱼的心里隐隐有了不祥的预感。

在山中，能够很清晰地感觉到自然气候的变化。第二天夜里，牟鱼被雷声吵醒了。震耳欲聋的雷声，持续了很久。闪电从窗里透进来，极快地出现又极快地消逝。雨水在玻璃窗上飘泼，发出一种奇异的声音。

闲逛了两天之后，叶瞳开始画画。她在后山的田边，和一个扎着羊角辫、穿着花衣裳的小女孩一起放羊，然后架起了画架，画她和她身后低头吃草的绵羊，从早上一直画到傍晚。林骆恩在院子里写歌。牟小鱼喜欢跳上院子的墙头晒着太阳睡懒觉，它似乎很适应一下子变大了的活动空间，甚至可以友好地跟邻居的一只大黑狗打成一片。牟鱼则半躺在旅馆院子的木椅上翻看闲书，并开始在本子上零零碎碎地记录一些东西，关于风城、石头巷、素镇和"土星"唱片店，并没有认真想过，这些无目的地记录着的东西，最终会成为了一篇关于许多人的小说。

叶瞳渐入佳境，在田边、山路旁，完成了一幅又一幅写生作品，欲罢不能。在这些画里，不仅只是看到了山风、树影、野花、溪流与居民，还看到了豁然开朗的叶瞳。看到她的这些画，牟鱼脑海里突然闪过一个很强烈的念头：她应该留在这里，一直画下去。

山上连续下了几场雨，到处湿漉漉的。他们关上了房间里的窗，让房间尽量保持着干燥。叶瞳没有停止画画，这段时间，她看人时的目光都是一闪而过，她用很长的时间注视她所画的对象，以及她一点点完成的布面油画。这是牟鱼从未见过的她的专注。她终于完整地活在自己的世界里面，专注地陷入到一种状态之中。

"牟鱼，我们该回风城了。"有一天，林骆恩提议道，"山上湿漉漉的，哪儿也去不成了。"

"反正你也是一天到晚待在房间里编和弦。风城今年的雨季也特别漫长，你不是也闭门不出熬过去了。"叶瞳不以为然。

"我觉得可以这样，我跟林可以先回风城，你留在这里继续画画。'土星'已经放假放了半个多月了，是时候恢复营业，不然，大家以为它倒闭了。"

"那你们明天回去吧，我一个人再多待一些日子。我觉得可以离开这里的时候，就回去。"

"虽然山里人都很淳朴，但你一个女孩在山里，总归让人不放心。万一出了什么事，没有人照应……"牟鱼忽然有点儿担心。

"能出什么事呢？我跟这里的村民，尤其是小孩们，都已经是很好的朋友了，我想留在这里，画够了这里的风景，就画画人。我从来没想过，在山里的这段日子，画画的愿望是最强烈的，一直不想停下来，有时候甚至都控制不住自己了，在夜里，熄了灯，眼前依然是一些画面。"

"这样的状态有点极端。但确是可遇不可求的状态。那你留下来，我们先走。但是你要经常给我们打电话。"牟鱼说，心里觉得有点不安稳，但一时也想不出更好的决定。

下山的时候，雨过天晴。林骆恩故作伤感地与叶瞳拥抱，不过是短暂的分开，却佯作出一副生离死别的模样。那个名叫春晓、整天跟叶瞳黏在一起的放羊女孩也来送行，她一直牵着叶瞳的手不放，牟小鱼也很爱跟她玩，所以牟鱼把它留下来，它远远地跟着他们，并不懂得，这是一场离别。

后来想起这次的离别，牟鱼眼前总是晃动着放羊女孩大而明亮的眼睛以及那双向他们微微挥动的、布满了辛劳痕迹的小手。

Love／爱情

第十章　童话

燃烧/了无痕迹/树屋/能再播一遍这首歌吗?

在所有人的经历中，

常常是怎样的过程就会获得与之吻合的结局。

飞鸟只有在死亡的时候才会离开天空，

向日葵只有在枯萎的时候才会背对太阳。

这只是自然万物的规律，

与宿命无关。

燃烧

只是离开的十数天，但却有了变数。

毗邻"土星"的一家日式料理店煤气管泄漏，在深夜酿成一场大火，大风里，十多家临街店铺被火势牵连，火情被赶来的消防员扑灭的时候，半条商业街已一片狼藉。这是发生在牟鱼和林骆恩回到风城前一晚的事。商业街被火烧过的一段暂时被封锁。

空气里依然弥漫着被烟熏过留下的焦煳的味道，地上湿漉漉的，聚满泥泞的脚印。牟鱼和林骆恩走在被封锁的街外，远远地看到一大片外墙已被烧成灰黑色的"土星"，面面相觑。他们迟来了一步，未能亲眼目睹当时混乱不堪的场景，也许事后对于很多人来说这是一场无法跨越的绝望。

眼看辛辛苦苦经营起来的小店被毁于一旦，即便能获得赔偿，亦是于事无补。

回想起过去一年，在这间小小的店里发生的一切，突然显得无比遥远。牟鱼知道，此时林骆恩的心里并不比他好过，雨季的低潮刚过，便遇上了火灾。

牟鱼和林骆恩前去相关的工商执法部门询问善后事宜，作相关的资料登记时，被告知，政府会对被烧毁的那段商业街进行修葺补建，然后再重新安排开业。被工作人员轻描淡写地打发，自己蒙受的灾难对于别人来说只是不痛不痒。

过了几天，待相关部门调查过后，现场解除了封锁。

值得庆幸的是，"土星"里的大部分物件皆完好无损。只是墙体被烧黑了一大片，唱片架上的部分唱片被救火的水淋湿而作废。

与林骆恩商量好对叶瞳隐瞒此事，希望她从暮缁山回来的时候，一切已经恢复如初。

就像一切没有发生过一样。

牟鱼和林骆恩相视一笑。

在等待重新开业通知的日子里，林骆恩开始整理在暮缁山上创作的乐谱，而牟鱼在家，继续把最近一年的生活经历与记忆梳理成文字。现实中的生活，往往凌乱而琐碎，在形成文字之前，太多的事情经不住推敲。在暮缁山写下的笔记中，并没有太多可用的东西，充其量只是一些乱七八糟的想法。刚开始的时候，并不太顺利，写了一段，便觉得词穷，进入失语的状态，总是要停顿很久，才可以继续。

过了将近两个月的时间，商业街重新修葺完毕。"土星"稍作了一番弥补性的装修，重新开业。似乎因祸得福，这一场频频出现在新闻报道里的火灾，让这条商业街的关注度有了很大的提升，人流量更胜从前。重新开业的那阵子，就有了一切重新开始的感觉。

在这期间，曾与叶瞳通过几次电话。那个家庭旅馆中唯一一部电话很难接通，要么是长时间占线要么一直无人接听，电话在一楼的走廊，在等叶瞳从二楼走下来接听电话的那一小段时间里，话筒的另一端，寂静无声，时间仿佛彻底停顿了下来。

叶瞳说，在山上的这段日子，内心前所未有地平静。旅馆的主人，已把她视为家人看待。晴天，她带着画具到田野或山间，画那些正在辛勤劳作的村民，有时，跟他们一起去摘菜或施肥；下雨天，则在屋里和那些跟她已经相熟了的小孩们玩一些简单的游戏，或给那些从未停过手中的活儿的村民画肖像画。除此以外，她的生活过得与当地人并无两样。她还说，现在只吃粗粮和蔬菜。

牟鱼与林骆恩一边轮流打理"土星"，一边物色着适合作为新店的地址。日子过得忙碌平静，如果不是吕荷西突如其来的死讯，想必，这一年的夏天就这样平淡乏味地过去了。

已经有很长一段时间没见到曹雨繁，自从上一次，她快快不乐地离开唱片店之后。那时，她与吕荷西之间的感情已经出现了危机。事实上，牟鱼并不太看好他们的发展，但这只是一种毫无根据的直觉。曹雨繁虽然在夜店里工作，见惯了声色迷离的场面，也见识了太多人与人之间的若即若离，但始终没有被虚华浮动的气氛和人情所影响，她对自己的生活和工作，始终充满了个人想法和创造力，只是一时在感情中迷失了自己。

这一天，回唱片店的路上，牟鱼买了份日报。

翻开报纸的社会生活版，有这样一个抢夺眼球的标题：十八岁女孩的情杀案。

吕荷西被人用一把锋利的水果刀捅死在一个旅馆的床上，与木头对付余力的手法如出一辙。凶手没有逃逸，立即自首。这是一个刚满十八岁的女孩，女孩有一张美得无可挑剔的脸，报纸上有她的一张彩色照片，即使眼部被刻意地做出模糊的处理，仍然无损她的美。

牟鱼看完报纸，心里微微地感到震惊，衡量着是否要告诉林骆恩并向曹雨繁证实这一切。而正当他为此感到纠结的时候，曹雨繁带着一脸的平静，出现在"土星"。反而是他有了些许的慌乱，不知道该如何应对与安慰。

"我也是今天看到报纸，才知道这一切确凿存在。一直以来，我都不肯去接受这样的事实。我容忍他一次又一次逢场作戏，没想到最后是这样的收场。似乎该把他杀掉的人是我，而不是另一个无辜的人。那么小的女孩，为了这个到处留情的男人，枉送了自己的一生，太不值得。"

"雨繁，无论如何，你要好好的。不要想太多，就当自己从未置身其中……等忙完这阵子，我们一起去旅行。暮缁山风景很好，叶瞳在那待了那么久，都没舍得回来。我们一起把她揪回来。"

面前的曹雨繁，表情由始至终地平静。牟鱼宁愿看到她歇斯底里，号啕大哭，把心里的痛苦与悲伤一股脑地宣泄出来。他担心这样的平静最终换来的是另一种极端的表现。

"我把工作辞掉了。现在有大把花不完的时间。但是我不想去旅行，最近总是感觉很疲乏，宁愿天天待在店里听唱片。"

"那，这个星期你来帮我看管唱片店，下周，我和林再去一趟暮缁山，把叶瞳揪回来。"牟鱼故意装作很轻松，试图让曹雨繁觉得，刚才从报纸上读到的一切，都并不重要。她的平静与坚忍，并不全然让他觉得踏实。

下周，似乎不过是一眨眼便要来到。但，三天后的一个清晨，牟鱼接到了暮缁山家庭旅馆的男主人打来的电话。他说，已经有整整两天没有见到叶瞳，她画了很多画，放在房间里，他曾经和邻居一起，到山里找过她，但一直不见踪影……

挂掉电话之后，牟鱼马上把林骆恩、曹雨繁唤醒，一起出发前往暮缁山。还没弄清楚究竟叶瞳发生了什么事，所以并没有告诉方树佟和她父亲。

大巴上的四个小时，过得特别漫长。汽车偏偏在中途出了故障，到达暮缁山已经是傍晚。夕阳西沉，满天落霞，但并无欣赏的心情。

农家旅馆的女主人和那个名叫春晓的放羊小女孩，已经在村口等了整整一天。这个淳朴的妇人脸上是愁苦的表情，看见他们走过来，她几乎就要哭出来了，小女孩也是眼泪汪汪。

"终于见到你们……瞳有跟你们联系过吗？"

"暂时没有。不用太担心。我想，她是在山里迷路了……"牟鱼安慰着她，也安慰着自己。

妇人又一次领着他们走上了二楼的房间。跟上次他们来时的情景并无太大的差异，不同的是，这时房间的地板上，几乎铺满了叶瞳的画。油画与素描，以及一些速写。油画干得很慢，房间里弥漫着松节油与颜料的气味。她的画具放在房间的一处角落。房间里头有两张床，其中一张整齐地叠着她的衣服。她并没有带走任何东西。

看到这样的情景，牟鱼有一种巨大的不安。

"你们是从什么时候发现她不见了？"林骆恩问道。

"那天我跟我家那人在田里赶活赶了一天，白天都不在家，晚饭的时候才回来。当时以为她在屋里画画所以没有惊动她。做好了晚饭才上楼喊她，却发现她不在屋里。当时以为她出门走得太远，要晚些回来，没想到那天晚上她一直没有回来，也没发现她留下字条。第二天，我们就进山里找了一遍，也没找着，所以我们就开始慌了，连忙给你打电话……"妇人说话的语气里带着哽咽。

"能找的地方都找过了？"曹雨繁问道。

"是的。我们这儿也没有特别陡峭的山崖，不然还担心她是失足……"妇人终于忍不住哭了出来。

这天晚上，农家旅馆的男主人拿着手电筒，带着他们走到山里去找叶瞳。

夜里，山上依旧很凉。大风把树吹得哗哗地响。到处都是黑魆魆的影子。月亮很暗，总是被云遮去，只剩淡淡的光晕。一路上，大家都不说话。几束手电筒的光，微弱地照见前路，那并不是特别能让人感觉具有希望的光。这样的光，似曾相识，一定在哪儿见过。牟鱼努力思索，于是便记起这样的一个情景：

在姥姥去世之后，爸妈带着他去探望一个人生活着的外公。那时家住一个交通不算方便的小镇，与外公家相隔甚远。天还没亮就被妈妈从睡梦里摇醒，睡眼惺忪地洗脸、穿衣，出发。老爸一手拿着行李一手拿着手电筒走在前面，妈妈背着他在后面跟着他走。夏天，四周很静。那是带着青草气息的清晨。空气很清新。只有不知道藏在什么地方的昆虫在低声地叫着。趴在妈妈的背上，只能看到爸爸的背影以及他前面那束圆圆的光。在黑暗中，要走一段不算短的路，才能到达一个被芦苇掩映着的小码头，坐渡船出发。在到达这个小码头之前，有一段略为颠簸的泥路，爸爸放慢了脚步，让妈妈跟上。他和她，都是在跟随着那束光走。

那时的那束光，产生出一种微妙的温暖，让人觉得安稳。他总是在他们轻微的步伐与一种具有和谐频率的颠簸中重新入睡。再度醒过来的时候，已经在船上，听到爸妈用很轻的声音在对话。他们所讲的无非也是日常的二三事。待船上凑够了人，便听见了鸣笛声。船离开码头，慢慢地往前驶去。这时天才蒙蒙亮。

牟鱼下意识地看了看眼前的那束光，它与许多年前的那束光，并无两样。但两者之间包含的意义却截然不同。

叶瞳就像大半年前突然离开风城那样，再度不告而别。没有任何征
兆。

心里很悲观，这回，她有可能是彻底地离开了。

这一晚，在暮缁山上，找不到叶瞳留下的任何踪迹。她宛如幻觉，又
像是在众目睽睽之下被魔术师变走的东西，充满悬念地消失。

了无痕迹

叶瞳在暮缁山失踪。牟鱼和林骆恩去报了案，仍然杳无音讯。但大
家都心存侥幸，没有人愿意作最坏的打算，在得到确凿的噩耗之前，仍
然愿意相信，她只是真的又一次任性地不告而别。

有好长一段时间，林骆恩一直处于恍恍惚惚的状态，他看起来并没
有很沮丧，但似乎一夜之间，丧失了所有的创作灵感，收进在皮套里的吉
他，摆放在房间的角落，被落寞的气氛笼罩。敲开他家的门，看到他的
一刹那，牟鱼有了强烈的、要转身跑掉的念头。

门后那张找不到一点希望的脸，确凿地属于林骆恩，可是如此陌
生。牟鱼承认，在此刻之前，从未仔细端详过这张脸，亦从未试图绕开
一直围绕在他身边的女孩离他更近。他突然意识到，关于林骆恩的一
切，忽略了很多很多，甚至无法用更充分的文字来描述，比如说，他为何
独自生活在风城而从不提及家人及内心，即使只是片言只字，比如说，他

对"左脑孤单"乃至"土星"的态度和感情，又比如说，他为何当初可以不顾一切跟随纪云端出国到最后却半途而废……

一个人的轮廓清晰与否，并不取决于他自身，而是观察者与这个人之间的距离。牟鱼与林骆恩之间，一直隔着一面墙。

这面墙，是叶瞳。她不费吹灰之力便蒙蔽了他们彼此的双眼。

叶瞳失踪了，可这面墙依然没有坍塌。

牟鱼走进了林骆恩的住处。这个一居室的小房子，并没有他想象中的凌乱，几乎没有多余的装饰，没有植物，没有地毯，没有落地灯，只有满满一墙摆放整齐的唱片。

"你是第一次来吧？我这空空荡荡的，啥都没有。"

"我住的地方也差不多，就是多了很多乱七八糟的东西，像个收破烂的。"

"少来。你忘记了？去年除夕，我从国外回来，哪也没去，就跑到你家去，跟大伙一起过节。你把家布置得很温暖……对了，几时让我过去蹭饭吃？"

"随时可以。对了，林，我要跟你商量一下……"

"哦？"

"嗯。最近唱片店的生意一直时好时坏。我有点扛不住了。我觉得，要么咱们一起想想办法，要么狠狠心，把它结束。"

林骆恩一直游离的眼神，突然停在牟鱼脸上。这一刹那，他似乎又恢复了生气。

"'土星'从来不是属于你我，也不属于叶瞳，它属于很多人。我刚来风城的时候，觉得石头巷很有意思，因为它而决定留下来。它的生活气息，它的破旧肮脏，它的鱼龙混杂，让我毫不犹豫地租下了一间店，用尽了自己所有的积蓄。当时是这样想的，我喜欢这个地方，无论在这个地方是堕落还是荣耀，也要在这里一直待下去，直到待不下去为止。以前，和你提起它要拆迁，一副轻描淡写、毫不眷恋的样子，其实是装出来的，我那时候想，完了，风城最有意思的小弄巷没了，我该何去何从。"

"其实你不说我也知道的。"

"当时是这样打算的，如果能在别处找到合适的地方，继续把这个唱片店做下去，我就继续留下来，如果找不到，我就走……虽然后来我为了感情，头脑发热决定要走，'左脑孤单'成了'土星'，但我依然觉得，这家唱片店，还是最初出现在石头巷里的唱片店，就算怎么变，它依然是属于原来的那些人。"

"嗯。"

"牟鱼，其实我知道，就算比现在更艰难，你也不会结束'土星'的，你不过是希望我继续振作起来做些事。我明白的。放心吧，我很快会好起来的。"

"我刚进门的时候，突然觉得，自己从来没有了解过你。"

"嗯？"

"是的，我们一直离得那么近，但是几乎没有说过心里话。"

林骆恩看了牟鱼一眼，不再说话。

他走过去把房间的窗关起来了。靠近马路的屋子，无论昼夜，都要被种种的声响所困住。关了窗之后，声音并没有消失，只是显得离得更远了一些。

林骆恩倒了两杯水，把其中一杯递给了牟鱼。

往事，杂沓而至，如同一场暗涌，沿着他心底的罅隙缓缓溢出。

曹雨繁在自己的寓所里自杀，她离开得很安静，喝了很多自酿的葡萄酒，再吃了一大把不能混到一块儿吃的药丸，昏迷了几天后才被家人发现，那时已失去了呼吸。牟鱼没有见到她离开的模样，他想起曾经在一本书里读过的，关于一个作家的自杀，喝了酒，然后开煤气自杀，脸上有桃花的颜色，是四月的庭院里，孤独盛开的桃花。

曹雨繁的住处，同样空空荡荡，有许多精致的空酒瓶，已经彻底失去了酒精的气味。她的酒量并不好，所以这些酒瓶只是摆设。

每个人都有许多不同的摆设。

人生，也是一种摆设。有时候摆给别人看，有时候摆给自己看。

有一天下午牟鱼坐公交车，经过石头巷旧址，隔着车窗，看到了正热火朝天的建筑工地。他突然间明白了曹雨繁为何要选择结束自己的生命。每个人都有一个活下来的支柱，一旦失去了这个支柱就等于失去了一切。

曹雨繁的支柱，是吕荷西。她对他的爱，超越了一切，但最后换来的，是彻底的背叛。

吕荷西生前是个谜。曹雨繁对他们的事几乎只字不提。石头巷曾是他们的纽带，但它被推倒重来，一切早没了痕迹，但许多事情又确凿存在过。他的"Wednesday"网吧，已经很久没有听人提起过了，想起这个网吧，就会想起纪梵，还有穿柠檬黄毛衣的苏夏。这是一整个夏天的记忆。

在另一个夏天结束之前，方树佟要离开风城。让大家稍感到意外的是，他要出发前往的地方是素镇。这一天，牟鱼和林骆恩在"万家灯火"为他饯行。少了叶瞳，少了曹雨繁和吕荷西，饭局有点儿冷清拘束。

"树佟，你这次要离开多久？"牟鱼问道。

"可能一年，可能会更久。"

"你从来没去过素镇，确定那儿适合留下来吗？"林骆恩接话道。

"没错，我确信那就是我要去的地方。我爸不止一次跟我描述过，再说，那是姐姐的家乡。"

"你要耐住乡间的寂寞。素镇太安静了。"

"我不喜欢热闹。之前在英国，很多时候都是一个人。一个人吃饭，一个人温书，一个人去唱片店。习惯了安静，太嘈杂反而不适应。以后有空，你们可以来看我。"

"一定会。"牟鱼和林骆恩异口同声地回答。

"小时候，老爸做棉花生意，我可以经常看到那些刚采摘下来的棉花，白晃晃一片，装在笋筐里软绵绵的。有时候会偷偷捏几朵在手，放到衣兜里拿走。棉花很软，用手指捏捏，却能捏出小小的硬硬的颗粒，那是棉花的籽。这种感觉很奇妙，我一直没有忘记这种感觉……"

牟鱼听得有点恍惚了。叶瞳曾经不止一次地描述过的素镇，以及自己亲眼看到的素镇，如今在方树佟的话语中，彼此重叠。

"在国外读书，很多同学都很有环保意识，他们只穿用有机棉做的衣服，有机棉跟有机蔬菜是一样的道理，是生产过程里隔绝了工业污染的产物。我去素镇，老爸很支持，我问他借了一笔钱，租地种植棉花，我希望自己能在有机棉这个领域有所作为，身体力行，把更纯净的棉花输

出到城里，我想这是我可以做到的。如果姐姐知道这一切，她一定会特
高兴。做一个衣服上总粘满棉花的采摘工人，操劳，也浪漫，你们都要羡
慕我。"

大家喝起了啤酒。方树佟要前往素镇的决定，似乎一下子不再让人
觉得伤感。他带着理想的规划，让人又一次见到了希望，那种长久压抑
在心头的阴霾，仿佛骤然变淡了。

"我到了素镇，安顿下来之后，会给你们写信的。很久没有写信，想
想要走一段路才能把信寄出，之后还要经过一段日子才能到达你们的手
里，慢悠悠的感觉真好。"方树佟边喝酒边说。

"树佟，其实很多地方，你跟你姐姐很相似，都不太像是生活在这
个世界的人，你们最后都要回到自己的星球。"牟鱼说。

"我很认同牟鱼的话。确实是这样。"林骆恩搭腔道。

离开"万家灯火"的时候，三个人都已微醺。在一个路口相互告别，
方树佟分别给了牟鱼和林骆恩一个拥抱，挥了挥手，便走进了夜色，渐渐
地远离。天亮后，他将离开风城，独自出发去素镇，突然间，牟鱼无比羡
慕他。

树屋

我的故事，可以从保罗·奥斯特的一段文字开始说起。你也许看过

他写的故事。他一直在一个房间里写作,与世隔绝。已经六十岁,依然有少年一样透彻的眼神。他在自传式作品《孤独及其所创造的》里这样写道:

　　是的,我们可能没有长大,而且即使年老了,我们可能仍是个孩子,一如往常。我们记得当时的情形,觉得自己仍然和往常一样。我们让自己成为现在的我们,尽管过了许多年,我们仍然是过去的自己。我们并没有什么改变。时间让我们变老,但我们并没有什么改变。

　　小孩总渴望长大,喜欢向前探望。喜欢回忆,大抵是因为已经变老。老下来以后,人开始活在曾经的回忆里。很多人一直喜欢回忆,你喜欢,叶瞳喜欢。但我例外。十二岁那年,我得了场病,隐约是跟父亲有关的,他在我十二岁之前,应该是在我身边的,但病愈以后,他离开了,从此不再被妈妈所提及,而我成了个没有记忆的人,想不起任何的事情。所以,我这辈子其实是从十二岁开始的。

　　十二岁,那个夏天无比清晰。我对窗外明晃晃的阳光有一种奇异的迷恋,只要是阳光猛烈,就喜欢拉着妈妈的手出门,兴高采烈。自从我生病,妈妈就辞了职在家里照顾我。她一直对我那场病感到内疚。其实这都是注定了,想逃也逃不掉。我不是特宿命的人,但这一回,我是这样认定的。

　　没了记忆其实也没什么不好,起码看在眼里的一切都是新鲜的、干净的。

　　我家在一个安静的小镇上。到处都是低矮的房子和高大的树,不知道是树多还是房子更多，我没有认真数过。我讨厌数数。我不止一次地问妈妈，为什么人要住在屋子里而不是树上？妈妈的回答，每次都不一样，她有时候会说，因为每棵树上都住着一个喜欢躲起来的天使，有时候会说，因为小鸟不会建房子而人不会筑巢。她说得最多的是，这就是我们的世界，人住在屋里，小鸟住在树上，人不能抢走小鸟的生活，小鸟也不能夺取人的世界。

我对这样的回答并不满意。一直想，如果人能够活在树上，应该会比较有趣。所以我把我和我妈妈的房子叫做"树屋"，其实那不过是一间很普通的房子，如今我还能清晰想起的，是一个干燥的小天井和一扇又一扇能够看到大树和天空的窗。

有一次，我一个人出门，迷了路。我以为我再也回不到我的"树屋"。我在阳光里走了很久，后来经过了一幢很奇怪的房子，它跟其他房子很不一样，建得像树一样高。有能看到院子的雕花铁闸门，透过这扇门，我看到一个比我矮一大截的小女孩，她也正在看我。隔着这扇门，她走过来，向我招手。

小女孩踮起脚尖，把门打开。她什么也不说。我只是跟着她走。

这幢建得像树一样高的房子，并没有别人。它跟我的"树屋"完全不同，可是我说不出两者有什么不同。总之，这是我从来没见过的房子。

女孩带我走上楼。她推开了一个房间的门，又走过去，推开了这个房间所有的窗。有一群白色的鸟一下子飞走了，它们本来是停在这些窗子外面的。

女孩还是什么也不说。房间里有一架钢琴，是的，我还记得这是钢琴。她坐到钢琴边一张漂亮的凳子上，神情和动作中，有一种风吹叶尖的优雅。

我见到她把手放在钢琴上，开始弹奏。她的手很好看，像两根长满了叶子的树枝。

已经不记得后来是怎样离开这幢房子的，但我记得，远远地听到妈妈焦急地呼喊我的名字，她的声音充满了恐慌，很像刚才被突然打开的窗吓走的鸟儿。

我又重新回到我的"树屋"，继续反反复复思考着，为什么人要住在屋子里而不是树上。

后来妈妈给我买了部红色的玩具钢琴。我试着把手放在键上，让它发出或喑哑或清亮的声响。我如此笨拙，像总是一不留神头颅就会撞上了树干的乌鸦。

两年之后，我和妈妈离开了这个小镇。我们一直不停地搬家，直到我离开妈妈，一个人来到风城。

十二岁，我是一个童话。我唯一值得去说的，可能就是这样一段时光了。

而这从此以后不再是属于我自己的秘密。

秘密是不能说出来的。我把它说出来了，所以我的秘密不再存在了。

能再播一遍这首歌吗?

在夏天就要过去的时候, 终于等来了一个让人振奋的消息。林骆恩决定与刚留学回国的吉他手一起重组自己的乐队——"树屋"。

牟鱼在"土星"门外张贴了海报, 征寻乐手。短短一周内, 就有不少人前来应征。

当初, 鼓手离开乐队的时候, 曾经断言, 如果不承揽商业演出, "树屋"乐队不可能走得更远。林骆恩不知道他的断言有什么依据, 而他则希望把更多的时间用来做乐队的排练, 写歌, 到固定的酒吧驻场, 接一些专场的演出。两人之间的分歧越来越大, 吉他手试图从中协调他们的矛盾。两个人的想法其实都没错, 鼓手希望乐队能够走大众化的路子, 通过演出赚一些钱, 同时又能在一定程度上, 做到自己喜欢的事情。而林骆恩希望乐队是一支具有纯粹意义和摇滚性的乐队, 不依靠它来赚钱, 能够多花一些精力和时间, 写出可以在一些人中间流传的作品。这是他到现在也始终没有改变的初衷。

最终, 林骆恩在来应征的人当中, 选定了一个刚从音乐学院毕业的男孩作为键盘手, 而鼓手和贝司手, 则是曾经有过演出合作的朋友, 每个成员都有自己不算忙碌的本职工作, 大家很快就取得了共识, 下班后利用夜晚的时间进行排练。

"树屋"乐队的五位成员分工合作，林骆恩担任主唱以及词曲创作。他们开始进入排练阶段，决定一个月以后，在"土星"里作重组后的首演，从此之后，是每周一次的演出。

牟鱼建议林骆恩成立一个自己的独立音乐厂牌，用来发行乐队以后录制的唱片。他接纳了牟鱼的意见，把这个厂牌命名为"Tree House Records"。

一切并没有预期的顺利。乐队刚开始排练，进展非常慢，成员之间配合的默契以及每首歌的编排未如理想，到后来，大家都有些沉不住气，开始有所动摇。

但这是牟鱼意料中事。毕竟这是重新开始，凡事需要磨合。所以牟鱼并没有走去刻意跟林骆恩说些什么。他知道林很快就会明白到，这不过是个小插曲。

经过整个月的紧张排练，"土星"迎来了"树屋"重组后的首演。经过这两年的经营，"土星"有了稳定的支持者，林骆恩也是。正式演出的当晚，店里依然聚满了人。牟鱼把空调温度调得很低，但室内气温依然让人感觉酷热。

林骆恩穿了一身看起来很干净的衣服出现在大家面前，白底T恤、牛仔裤、黑色帆布鞋。

一个小时的演出，林骆恩一首歌接一首歌地唱。这一晚的压轴，有点出乎意料，是叶瞳写的《姥姥》。

总有一天，我会回到你身边。

在林骆恩唱至这一句的时候，牟鱼明显感觉到，自己的内心，有一条

272

紧绷的弦嗡的一声发出了清脆的声响。一下子觉得，叶瞳这一次，是彻底离开了，但她又似乎一直留在身边，寸步不离。

在牟鱼和林骆恩的共同努力中，"土星"的生意重新进入了正轨。刚好临近的商铺要结束营业，将店铺转租，他们毫不犹豫地把它租了下来，打算把两间店铺打通，使得店铺的经营面积扩大，这样一来，店里做演出，就有了能够容纳更多观众的空间了。他们还商量，要重新物色一个店员帮忙看店。于是，在店门上贴了"寻人启事"：

我们正寻找
一个你和许多个分裂的你
你和声音一起厮磨
声音
许多声音
拾不起的碎片和呼吸和散开的颜色
全交给你来归拢和照料

你可以来"土星"
肆意寻欢作乐
肆意的白日梦
肆意消磨时光
肆意地完成你想完成的一切

这张"寻人启事"贴出来很久，偶尔有人来应聘，但大抵只是为找一份安稳的工作而来，没有考虑要让这份工作成为自己生活里重要的组成部分。

十月的一天，牟鱼如常在店里埋头整理新到的唱片。把唱片按照不同的音乐风格进行归置，让大家能够按照自己的偏好来寻找想要的唱片，他依然对这个工作乐此不疲。

店里正播着已经解散的爱尔兰乐队the Cranberries主唱Dolores，在一年前出版的个人专辑《Are You Listening》里的一首歌，《Stay With Me》。

店门被打开。牟鱼没有回头。从脚步声的轻重，能辨认出是个男孩。

"可以重新播一遍这首歌吗？"

说话的声音很熟悉，语气很轻很轻，似曾相识。

牟鱼回头，看见身穿柠檬黄色卫衣的苏夏在对他微笑。

"我能成为'土星'的店员吗？"

尾声

　　牟鱼收到方树佟从素镇寄来的信。他在信里说，他开始学着像个本地人一样地生活。他住在叶瞳姥姥生前所住的屋子，邻居们非常友善，时常会邀请他到家中做客。院子里栽种的瓜果已结出果实，向日葵也长得有一人高了。他还说，已从叶瞳舅舅那儿，接手了几亩棉花田，在明年春天，将成为他的实验田，他希望有机棉花种植实验可以成功。

　　牟鱼回信，告诉他，他正在筹备叶瞳的全新画展。

　　叶瞳在暮缁山所画的三十九幅画作，将全数在风城的美术馆展出，这些画当中，约有一半是风景写生，另一半则是为山上居民们画的肖像画。

　　画中的一切异常熟悉，恍如身临其境。

　　画展的主题名为《可以一直凝望的土星》。

几个月前，牟鱼在美术馆门前的花圃撒下与叶瞳一起从素镇带回来的向日葵籽，它们无声无息地发芽、长高，结出了花盘。

时间刚刚好。

叶瞳始终下落不明。

一个人，突然不见了。

对于他人来说，是消失，或失踪。

对于这人自己来说，只是离开。

牟鱼开始相信，她就像被毒蛇咬了一口，以此返回自己星球的小王子，在一瞬间，被风城的风吹走，吹返她的星球。在她的星球里，也许没有玫瑰，但一定会有向日葵。

牟鱼有时候也怀疑，叶瞳不过是他的虚构。

"我迟早会成为你的另一个虚构。我希望这一天不要来得太快。"他已经记不起来她说这句话时的表情和语气，但一定不是叫人忧伤的。

"土星是最美的行星，具有荒凉到极致的美。飓风呼啸，曾有无数的尘粒被卷进风里，身不由己地跳着稀奇古怪的舞蹈，最后都被吹走了。风，常年发着难以调停的声响，却终于只剩下自己的独唱。如果有一天，人类可以挣脱自己的肉身，轻得只剩二十一克的灵魂，然后被风城的风吹走，吹到土星去，化作尘粒或一切不可丈量的物质，不必再用肉眼去不断寻找尘世中的自己，这是否也很美妙……"

牟鱼依然牢牢地记得叶瞳的这番话。

而他知道，土星，是太阳系中唯一一颗拥有光环的行星。

小说快要写完了。他一直希望最终完成的这篇东西，是充满摇滚气息的，会有让人渴望奔跑渴望剧烈地喘息的气质。

　　写作是一扇隐蔽的门，推开它，便是另一重天地。

　　如果有一天，要离开风城到别处生活，这部小说，就是他在这里留下的最深的痕迹。

　　在牟鱼的文字里，许多人物互为交错或从不相识。是这样吗？小说角色，或真实存在于尘世中的人，彼此，是否只是一直用不同的方式寻找着对方，然后，更加接近过去，却离对方越来越远。

　　而在牟鱼的文字之外，风城是确凿存在的，存在于南方，一个常年大风呼啸的城市。尤其是黄昏，风总是大得让人惶恐，走在街上的人，总是被大风吹得东歪西倒，而路边的树木，像被上了发条似的，跳着谁也看不懂的舞蹈，要到深夜，才气喘吁吁地停下来。

　　林骆恩说，这篇小说的结局，让他想起了很多已经忘记的事，十二岁之后，最值得记住的事。

　　小说因虚构而存在。我们却一直试图寻找属于自己的真实。

　　但牟鱼常常会混淆，到底哪些段落是虚构，哪些段落是真实。

　　我们总带着希望去面对未知的绝望，直到我们可以微笑着面对一切。在所有人的经历中，常常是怎样的过程就会获得与之吻合的结局。飞鸟只有在死亡的时候才会离开天空，向日葵只有枯萎的时候才会背对太阳。只是自然万物的规律，与宿命无关。

　　牟鱼常常会怀疑自己所表达的一切，皆是背离结局的虚空。

　　许多曾经反复描述过的，也许根本不曾存在。

　　而他只对这个结局，始终深信不疑。

聂巍巍坐在房间的东南面，借着窗口透进来的光，看完了那一叠厚重陈旧的书稿。内心充满了复杂的情绪。

她独自一人，在很多年里，去过了一些地方，旅行、定居，最终来到风城。谢信蓝是她在这儿唯一的朋友，她们认识多年，她把她空着的房子交给她住，于是，她有了在这个城市的第一个落脚之地。

牟鱼，是这个房子的上一任住客。谢信蓝说，他在这里住了三年，然后离开了风城，去向不明。

何以离开的时候，竟没有带走这一叠手稿？聂巍巍看了一眼手中的稿纸，不觉堕入了迷雾。故事里的人，是否确凿存在，如今，又都身在何处？这时，风从窗外吹进，很大的风，让人陡生凉意。她站起来，关窗，手中的稿纸一时没有拿稳，在跌落地之前，被风吹散，她急忙伸手去抓。抓也抓不住了。稿纸一页页在房间里散开，她只抓住了其中的一页。她看到上面有这样的句子：

风停了。

刚下完冰雹的城市。

孩童手上的透明雨伞。

被谱进民谣里的晚霞。

树桠上的断线风筝。

站在电线上的小鸟。

走过斑马线的导盲犬。

被切了犄角的麋鹿。

有蜜蜂在采蜜的向日葵花。

破土前的绿豆种子。

屋檐上将滴未滴的雨水。

即将诞下婴儿的猫妈妈。

被飓风恒久吹拂的土星。

世间万象，只是相似的符号。

人人都有一个不可预知的去处。

各自散开，一切呼啸而去……

土星

韮六

PRICE
⌐
天国与地狱 土星 ﹝了戊﹞

图书在版编目(CIP)数据

土星 / 蓝火著.-上海：上海人民出版社，2012
ISBN 978－7－208－10991－9

Ⅰ.①土… Ⅱ.①蓝… Ⅲ.①长篇小说-中国-当代
Ⅳ.①I247.5

中国版本图书馆 CIP 数据核字（2012）第 225067 号

世纪文睿出品
Century Literature

出 品 人　邵　敏
责任编辑　邵　敏　陈　蔡
封面装帧　陈春之@candy1.cn

土星

蓝火 著

世纪出版集团
上海人民出版社出版
（200001 上海福建中路 193 号　www.ewen.cc）
世纪出版集团发行中心发行
启东市人民印刷有限公司印刷
开本889×1194　1/32　印张9　字数205千
2012 年 11 月第 1 版　2012 年 11 月第 1 次印刷
ISBN 978－7－208－10991－9/I・1056

定价 29.00 元